INFERNO

à ma grand-mère

Merci à mes amis pour leur soutien inconditionnel et à ma mère, qui a été ma première lectrice et dont les commentaires m'ont aidé à passer le cap

© 2022, Amandine Traullé

Édition : BoD – Books on Demand, info@bod.fr.

Impression : BoD – Books on Demand, In de Tarpen 42, Norderstedt (Allemagne)

Isbn: 978-2-3224-6254-4

Dépôt légal: Décembre 2022

PROLOGUE

La jeune femme s'approcha de l'immense porte, qui devait faire six mètres de haut sur quatre de large. Elle prit une profonde inspiration, remit sa chevelure ébène en arrière puis elle pénétra dans la salle du Conseil. Tous les regards se tournèrent alors vers elle. Il y eut quelques secondes d'un silence écrasant, puis les protestations fusèrent de toutes parts.

- "Que fait une humaine ici?!
- C'est une honte!
- Comment osez-vous interrompre un Conseil des Anciens?
- Il faut la brûler vive!"

Malgré tout, la jeune femme s'avança dans la pièce, la tête haute. Elle savait qu'elle ne craignait rien parce qu'aucun de ces vieux boucs ne lèverait le petit doigt sur elle tant que le Maître des lieux n'en aurait pas donné l'ordre. Ce dernier avait d'ailleurs les sourcils froncés, mais la grande brune n'aurait su dire s'il était irrité ou s'il s'empêchait de rire face à l'énième provocation de l'humaine.

- "Que fais-tu ici, Shana?"

Mais la jeune femme ne lui répondit pas tout de suite. Elle continua de s'approcher jusqu'à être suffisamment près pour pouvoir murmurer dans l'oreille de l'homme au regard de braise.

- *"Ils arrivent."*

Les sourcils du grand Maître se froncèrent davantage tandis que sa mâchoire et ses poings se serraient sensiblement.

- *"Je vois. Nous continuerons cette réunion plus tard."*

Les protestations reprirent alors de plus bel. Qui était cette humaine? Qu'est-ce qu'elle faisait là? Pourquoi semblait-elle être proche du Maître? De quel droit faisait-elle reporter un Conseil des Anciens? Mais ils ne reçurent aucune réponse à leurs questions. Le Maître se contenta de lever la main pour les faire taire, puis il sortit de la pièce en compagnie de la jeune femme.

- *"Tu as vraiment le don de créer des problèmes.*
- Si ce n'était pas le cas, je ne serais pas là.
- Certes. Je ne peux nier que mon existence est devenue bien plus intéressante depuis que je te connais. Mais il ne faudrait pas que tu commences à abuser de tes privilèges.

- Tu sais bien que je ne ferai jamais ça, voyons!", lui répondit la grande brune tout en affichant un sourire taquin.

Le grand Maître secoua la tête, réprimant difficilement un sourire. Oui, cette femme était intéressante et pimentait sa vie. Un peu trop parfois, certes, mais c'était toujours mieux que de passer ses journées à s'ennuyer et à ruminer. Quoi qu'il en soit, il fallait qu'il se concentre sur le présent. Parce que comme Shana le lui avait indiqué, "ils" arrivaient. Il n'était pas inquiet pour lui et ses hommes. Ce serait un combat facile à gagner. Ce qui le préoccupait, c'était l'état dans lequel il allait retrouver Shana une fois que tout serait terminé. Peut-être qu'elle allait vouloir rentrer chez elle, qu'elle ne souhaiterait pas rester à ses côtés. Et il ne pourrait pas la forcer à le faire. Il retomberait dans sa solitude. Non, il ne devait pas penser à cela pour le moment. Chaque chose en son temps.

CHAPITRE UN

DEUX ANS PLUS TÔT

Shana était allongée dans son lit, les yeux rivés sur le plafond, plongée dans une profonde réflexion. Ces derniers temps, sa famille avait pris des décisions qui ne lui plaisaient guère. Seulement âgée de 24 ans, elle n'avait pas encore le droit d'assister aux réunions les plus importantes, et ce malgré le fait qu'elle fasse indéniablement partie des personnes les plus puissantes de la famille, voire du pays.

Sa famille, qui était supposée être neutre, avoir une majorité de guérisseurs, et protéger le monde de la magie, semblait avoir soudainement changé de priorités. À croire que les vieux mages avaient fini par prendre la grosse tête. Ils semblaient convaincus d'être en mesure d'égaler, voire de surpasser des clans guerriers. C'était ridicule. Ils ne tiendraient même pas deux minutes en combat singulier. Son frère aîné et elle seraient probablement les seuls survivants. Il faut dire qu'ils faisaient partie des très rares mages à être capables d'utiliser la magie des éléments sans avoir recours à des potions ou à des incantations. Kal, le frère de Shana, était capable de contrôler l'air à sa guise, tandis que la jeune femme pouvait déclencher un orage par la seule force de sa pensée. Et malgré tout, elle devait obéir à des vieux sages qui ne juraient que par des sorts pitoyables tels que la transformation en grenouille. Ils se croyaient encore au Moyen-Âge ou quoi?

Si Shana avait été aussi vaniteuse et orgueilleuse qu'eux, elle aurait facilement pu prendre la tête de la famille, et peut-être même de la région, mais ça ne l'intéressait pas. Elle s'ennuyait à mourir, que ce soit au sein de sa famille, ou dans la vie quotidienne. Son travail ne l'enrichissait plus depuis bien longtemps et elle avait un mal fou à se faire des amis. Pour être tout à fait honnête, l'unique personne dont elle se sentait proche était Kal. Il était le seul à la comprendre et à l'apprécier pour ce qu'elle était réellement. Mais il avait fallu qu'il tombe amoureux, cet idiot, et qu'il décide de quitter la maison familiale pour pouvoir fricoter tranquillement avec sa soi-disant bien-aimée. Shana n'aimait pas sa compagne. Alysha était une femme... vide et stupide. Elle n'avait aucune culture générale mais pensait tout savoir sur tout. Elle avait également des aprioris sur beaucoup de choses et était fermée d'esprit. Bref, tout ce que Shana détestait, et elle ne comprenait pas comment son frère avait pu s'enticher d'une cruche pareille.

Shana se rendit compte que ses réflexions l'avaient mise en colère quand un violent coup de tonnerre retentit. La jeune femme soupira et se frotta le visage pour se calmer. Il fallait qu'elle aille prendre l'air. Elle sortit donc de son lit, enfila une longue cape noire et mit sa capuche, qui recouvrait la moitié de son beau visage. Elle se laissa ensuite glisser par la fenêtre, n'ayant aucune envie de croiser l'un des membres de sa famille.

Shana inspira ensuite une grande bouffée d'air frais avant de se mettre en marche. Il était 22h passé si bien que le quartier était pratiquement désert, à l'exception de quelques jeunes qui se préparaient à aller en soirée. Shana resta dans l'ombre, ne souhaitant parler à personne, et elle prit la direction de la vieille ville. Certaines maisons tombaient en ruine et l'ambiance était loin d'être chaleureuse et accueillante, mais la grande brune s'en fichait. Ce n'est pas comme si quelque chose pouvait lui arriver. Elle glissa ses mains dans ses poches et continua d'avancer, jusqu'à arriver devant un entrepôt désaffecté. Shana fronça les sourcils en voyant que deux hommes étaient en train de se battre à l'intérieur. Elle soupira et s'apprêtait à tourner les talons quand quelque chose attira son attention. Les mains de l'un des combattants semblaient scintiller d'une lueur violacée étrange. Si c'était de la magie, Shana ne connaissait pas ce sort. La jeune femme céda finalement à la curiosité et s'approcha, avant d'intervenir pour mettre fin au combat quand elle comprit que le "mage" s'apprêtait à tuer l'autre homme, qui était tétanisé.

- *"Je crois que votre petite bagarre a assez duré. Fous-lui la paix maintenant.*
- *Mais t'es qui toi, putain?"*

L'homme aux mains étincelantes se tourna vers Shana, le regard noir, tandis que sa victime s'enfuyait aussi vite que ses jambes tremblantes le lui permettaient.

- *"T'as fait fuir mon repas. Va falloir que tu prennes sa place, ma jolie. C'est ce qui arrive quand on fourre son nez dans les affaires des autres."*

Il fallut quelques secondes à Shana pour comprendre le sens des paroles de l'homme. Son cœur se mit alors à tambouriner comme un fou dans sa poitrine. Mais ce n'était pas de la peur qu'elle ressentait, au contraire, elle exultait. Voilà le piquant qui manquait à sa vie. Elle s'était trompée sur le compte de cet homme, ce n'était pas un mage, mais un démon. Ce qui expliquait qu'elle n'avait pas reconnu ses pouvoirs. Shana avait souvent entendu parler des démons, mais sa famille lui avait assuré que ces créatures des bas-fonds ne venaient plus sur Terre depuis des siècles. Pourtant il était bel et bien là, la toisant de son regard affamé. La grande brune ne put se retenir de sourire. Voilà un combat qui allait être palpitant. Un combat qu'elle n'était pas certaine de gagner, contrairement à tous les autres affrontements sans intérêt qu'elle avait fait jusqu'à présent.

Shana retira sa capuche, attacha rapidement ses cheveux en queue de cheval haute, puis elle se mit en position. L'air se fit lourd, littéralement chargé d'électricité. La grande brune sourit en coin quand le démon fut parcouru d'un frisson quand ses cheveux se dressèrent sur sa nuque.

- *"Voilà qui est intéressant. Je n'ai encore jamais mangé l'âme d'une mage puissante. Je suis sûr qu'elle va être délicieuse.*
- *Ne commence pas à baver tout de suite, il faut déjà que tu arrives à me tuer pour ça.*
- *Je ne doute pas d'y arriver, les mages se sont ramollis au fil du temps."*

Il laissa échapper un rire gras, ce qui fit grimacer la jeune femme. Tout à coup, elle ne le trouvait plus amusant, juste répugnant. Et insultant. Elle se moquait que les autres mages soient rabaissés, mais elle, elle avait de l'égo. Elle allait lui montrer qu'il ne fallait pas la sous-estimer. La grande brune se concentra à nouveau, retrouvant son sérieux, et le ciel se mit à gronder. Même si le bâtiment avait encore son toit, les nombreuses fenêtres et ouvertures dans les murs pouvaient facilement laisser passer ses éclairs. L'un d'eux frappa d'ailleurs le démon de plein fouet, le faisant reculer de plusieurs mètres en grognant de douleur.

- *"Espèce de garce! Tu vas me le payer!"*

Le corps de l'homme se recouvrit de flammes violacées et lorsqu'il tendit sa main, une boule de feu en jaillit. Shana eut juste le temps de se jeter sur le côté pour éviter le projectile. Plutôt que de se relever, elle s'accroupit et plaça ses mains sur le sol. Son électricité courut alors entre les pierres et frappa à nouveau le démon. Vu son niveau, il devait être de classe inférieure, sinon Shana aurait déjà été roussie depuis longtemps. Deux boules enflammées fonçaient d'ailleurs sur elle et, plus par réflexe qu'autre chose, elle créa une barrière électrique tout autour d'elle, tel un bouclier sphérique. Ce n'était pas passé loin. L'homme souffrait clairement de ses blessures, mais cela le rendait d'autant plus dangereux. Il fallait qu'elle mette rapidement fin à ce combat. La grande brune profita de son bouclier pour prendre le temps de concentrer davantage son électricité. Des orbes tourbillonnants apparurent alors autour d'elle, grésillant sous la charge électro-magnétique. Elle eut juste le temps de voir le démon déglutir et essayer de fuir avant qu'il ne soit frappé par les orbes. Il y eut un bruit de tonnerre et une lumière aussi aveuglante qu'un éclair. Shana fut obligée de se boucher les oreilles et de fermer les yeux. Quand elle les rouvrit quelques secondes plus tard, le démon avait disparu, ou plutôt, il ne restait plus qu'un tas de cendres fumantes à l'endroit où il s'était trouvé quelques instants plus tôt. Une odeur de soufre et de chair brûlée emplissait les lieux. La grande brune plaqua sa main sur son nez et sa bouche pour essayer d'échapper à cette puanteur. Elle allait s'approcher des restes du démon quand des applaudissements la firent se stopper net. Elle écarquilla les yeux et se tourna lentement vers la source du bruit, jusqu'à se retrouver face à un homme qui semblait avoir une trentaine d'années. Il devait faire dans les 1,90 mètre, avait des yeux aussi noirs que ses cheveux ébouriffés, et une musculature impressionnante, sans pour autant être dans l'excès. Mais ce qui frappa le plus Shana, c'était l'aura que dégageait cet homme. Sa présence était écrasante, au point que la jeune femme dût se faire violence pour ne pas poser un genou à terre. Elle déglutit difficilement. Chaque parcelle de son corps lui hurlait de fuir le plus loin possible de cet être surpuissant.

- *"Qui... qui êtes vous?*
- *Cela n'a pas la moindre importance. Et je suis persuadé que tu le sais déjà. Quoi qu'il en soit, je te félicite. La dernière fois qu'un humain a réussi à faire le poids face à l'un de mes démons remonte à plusieurs siècles déjà.*
- *Et je suppose que vous allez me tuer pour ça…*
- *Ne dis pas n'importe quoi. Les humains avec ton potentiel sont une denrée rare.*
- *Alors quoi? Vous allez juste me laisser partir?*
- *Pour le moment, oui. Mais sache qu'à partir de maintenant, je t'aurais à l'œil.*
- *Pourquoi? Au cas où je décide de devenir une chasseuse de démons?*
- *Non, même si ce serait quelque chose de fascinant à*

observer.
- Donc vous allez juste me surveiller comme un gros pervers?"

L'homme sembla surpris par la question, mais il éclata de rire, avant de se reprendre et de retrouver son air glacial en une fraction de seconde.

- "C'est exactement pour ça que je trouve les humains aussi divertissants. Vous ne manquez pas de cran, pour des créatures aussi faibles et éphémères.
- Heureuse de vous amuser. Maintenant je vais rentrer.
- À ta guise, Shana. Mais nous nous reverrons bientôt."

La grande brune avait senti un frisson la parcourir de la tête aux pieds quand l'homme avait prononcé son prénom. Comment le connaissait-il d'ailleurs? Elle n'eut pas le loisir de le lui demander, car il avait disparu à peine sa phrase terminée. Shana soupira, remit sa capuche, et rentra chez elle. Elle était soudain épuisée. Il faut dire qu'elle avait rarement eu l'occasion de faire appel à autant de puissance d'un coup, si bien qu'elle fut à peine arrivée dans sa chambre qu'elle se laissait tomber sur son lit et sombrait dans un profond sommeil.

CHAPITRE DEUX

UN MOIS PLUS TARD

Shana avait retrouvé sa vie ennuyeuse. Plus ou moins. Car il n'était pas rare qu'elle sente un regard peser sur elle. Mais elle avait beau chercher, elle n'en trouvait jamais la source. Si bien que, étrangement, elle avait fini par s'habituer à cette sensation, aussi désagréable soit-elle.

C'était un samedi de juin. Il faisait beau, mais la chaleur était encore supportable. Shana était en train de boire un café en terrasse avec l'une de ses collègues, celle qu'elle arrivait le plus à supporter. Cependant, elle ne l'écoutait pas vraiment, ses blablas sur les potins au travail ne l'intéressant pas le moins du monde. Shana revint cependant à la réalité quand sa collègue lui toucha le bras pour attirer son attention.

- *"Regarde discrètement sur la droite. Y'a un mec super canon qui n'arrête pas de te regarder."*

La grande brune leva un sourcil et elle jeta un coup d'œil sur sa droite. Son regard croisa alors celui de l'homme, qui n'était vraiment pas mal dans son genre, elle ne pouvait le nier. Mais contrairement à sa collègue, Shana pouvait sentir l'aura de l'homme. Et il ne faisait aucun doute qu'il n'était pas humain. La grande brune soupira alors longuement.

-" Non mais c'est une blague ou quoi?
- Qu'est-ce qu'il y a? Tu le connais?
- En quelque sorte. Attends-moi là, j'en ai pas pour longtemps."

Shana se leva donc, sous le regard étonné de sa collègue, et se rendit rapidement jusqu'à la table de l'homme avant de s'asseoir face à lui.

- "Alors c'est toi qui me suis partout depuis un mois?
- Il t'en a fallu du temps pour me repérer.
- Pas vraiment, j'avais juste arrêté de chercher vu qu'au fond, j'en avais rien à faire. Qu'est-ce que tu me veux au juste?
- Rien du tout.
- Alors pourquoi tu me suis?
- Le Maître m'a demandé de garder un œil sur toi.
- Ouais bah dis à ton Maître que je n'aime pas avoir l'impression d'être un rat de laboratoire et que s'il a un truc à me dire, qu'il ramène directement ses fesses.
- Je lui transmettrai le message.

- Bien. Maintenant vas t'en, j'aimerais pouvoir finir mon café tranquillement.

- Avec un tempérament pareil, je comprends pourquoi le Maître te trouve divertissante.

- J'suis pas un clown à son service, donc qu'il aille se faire foutre.

- Je lui transmettrais également ce message dans ce cas.

- Ouais, ouais, c'est ça. "

Excédée, Shana se leva en soupirant et elle retourna à sa table. Le démon s'en alla quelques secondes plus tard tandis que sa collègue ne lâchait pas la grande brune du regard, se retenant clairement de la submerger de questions.

- "C'est pas un mec intéressant. Juste un con qui est ami avec un autre mec chiant que je connais.

- Tu aurais pu nous présenter s'il ne t'intéresse pas! Moi je n'aurais pas dit non!

- Crois-moi, ce n'est pas le genre de mec que tu veux fréquenter.

- N'empêche qu'il était sacrément canon..."

Shana leva les yeux au ciel tandis que sa collègue affichait une mine boudeuse. La grande brune se força à supporter sa compagnie pendant encore une vingtaine de minutes avant d'annoncer qu'elle devait rentrer. Elle avait assez sociabilisé pour la journée, voire pour la semaine.

Shana alla régler les consommations et les deux jeunes femmes se séparèrent au bout de la rue. La grande brune put alors enfin se détendre et profiter de sa solitude. Elle prit la direction de la maison familiale, d'un pas lent. Il devait y avoir une réunion, à laquelle elle n'était toujours pas conviée, si bien qu'elle n'avait pas de raison de se presser.

Une fois sur place, Shana traversa le salon et s'apprêtait à se rendre à l'étage quand des éclats de voix en provenance de la cave lui parvinrent.

- *"C'est de la pure folie! Du suicide même!*
- *Parle pour toi! Ce n'est pas parce que tu n'es pas à la hauteur que c'est le cas de tout le monde ici!*
- *Pardon?! Je suis bien plus douée que toi!*
- *Pour créer des filtres d'amour qui ne fonctionnent même pas afin de les vendre aux humains, peut-être, oui!"*

Shana avait l'habitude d'entendre sa mère et sa tante se disputer, et comme à chaque fois, elle ne put s'empêcher de rire. Elle les respectait en tant que femmes, mais en tant que mages... Elles étaient clairement en bas de l'échelle. Elle dût cependant rire plus fort qu'elle ne l'avait pensé, car la porte de la cave s'ouvrit à la volée, laissant passer la tête de sa tante, qui semblait plus en colère que jamais.

- *"Qu'est-ce que tu fais là, toi? Et je peux savoir ce qui te fait rire comme ça?*
- *Je suis là parce qu'aux dernières nouvelles, j'habite ici. Et ce sont vos disputes puériles qui me font rire.*
- *Puériles? Non mais pour qui tu te prends?*
- *Simplement pour moi, ce qui est bien mieux que d'être comme vous, apparemment.*
- *Sale petite peste! Tu veux faire la maligne? Bien, joins toi à nous, on verra bien si tu te penses supérieure encore longtemps."*

Shana haussa nonchalamment les épaules, mais intérieurement, elle jubilait. Elle avait enfin réussi à gagner l'accès à une réunion. Elle avait gagné cette bataille. Elle descendit donc à la cave et alla s'appuyer contre un mur, sous les regards sévères des autres membres du Conseil familial.

- *"Qu'est-ce qu'elle fait là? Elle n'a pas encore l'âge requis.*
- *Ne fais pas le rabat-joie, elle aura 25 ans dans trois mois. On n'est plus à ça près. Et puis elle arrêtera peut-être enfin de cancaner si elle sait quels dangers nous guettent."*

La famille soupira à l'unisson, mais personne ne protesta davantage. La réunion reprit alors. Shana écoutait avec attention, et plus ça allait, plus elle souriait, ce qui finit par être remarqué, évidemment.

- *"Ça t'amuse? Les démons ont refait leur apparition sur Terre et toi, tu trouves ça drôle?*
- *Ce n'est pas ça qui m'amuse. C'est le fait que vous pensiez avoir une chance.*
- *Oui, parce que maintenant tu vas nous dire que tu es devenue experte en démonologie du jour au lendemain, hein?*
- *Experte, non, mais j'ai plus d'expérience que vous tous réunis malgré tout. Tout ce que vous savez vient de livres poussiéreux écrits il y a plusieurs siècles. Alors que moi, j'ai combattu un démon le mois dernier.*
- *Tu crois vraiment que c'est le moment de plaisanter?!*
- *Je suis très sérieuse. C'était un démon inférieur, et j'ai déjà eu du mal à en venir à bout. Alors vous imaginer tenter votre chance, oui, ça me fait rire."*

Il y eut un long moment de silence, comme s'ils jaugeaient de la véracité de ses dires. Puis les questions arrivèrent de tous les côtés. Shana raconta alors en détail son combat avec le démon, et le type de pouvoirs qu'il avait utilisé. Mais, sans trop savoir pourquoi, elle ne parla pas de l'homme surpuissant qu'elle avait rencontré juste après. Elle avait conscience qu'il s'agissait d'une information capitale mais une petite voix lui disait de garder tout cela secret, pour le moment en tout cas.

Après près d'une heure de débat, la mère de Shana reprit finalement la parole.

- "Je pense qu'il faut se rendre à l'évidence... Même si ça me fait mal de l'admettre, Shana a raison. Nous ne faisons pas le poids. Et je ne suis pas sûre que les clans guerriers s'en sortent mieux que nous.
- Alors quoi? On va juste baisser les bras et laisser les humains se faire dévorer? C'est le rôle des mages de les protéger!, protesta la tante de Shana.
- Pour le moment, il va falloir qu'on se contente d'observer et de récolter plus d'informations. On va trouver une solution, mais si on se précipite, on risque d'aggraver les choses.
- Bien... Cette séance est levée alors. On se donne cinq jours pour que chacun réfléchisse de son côté. Et surtout, restez sur vos gardes, quoi qu'il arrive."

La réunion étant terminée, les membres de la famille quittèrent peu à peu la cave pour retourner vaquer à leurs occupations. Shana se retrouva finalement seule avec sa mère. Cette dernière prit alors la grande brune par surprise en l'enlaçant, alors qu'elles n'étaient habituellement pas du genre à être affectueuses.

- "Euh... maman?... Qu'est-ce que tu fais?...
- Tu as vu un démon et tu t'es battue seule contre lui. Mon dieu, je n'ose imaginer à quel point tu as dû avoir peur.... Tu aurais dû m'en parler tout de suite!
- Bah... ça a été, t'inquiète pas. J'ai pas été blessée alors t'as pas de raison de t'en faire…

- Je n'avais pas réalisé à quel point tu avais grandi... Tu es devenue aussi courageuse que ton père. Si seulement il était là.... Ces démons ne seraient déjà plus que de l'histoire ancienne…
- Mais il n'est pas là. Et on va très bien s'en sortir sans lui, comme on l'a toujours fait.
- J'espère que tu as raison..."

Shana se retint de soupirer de soulagement quand sa mère mit fin à son étreinte, ne voulant pas la vexer, puis elle s'étira un peu. Elle annonça qu'elle avait eu une longue journée et qu'elle allait prendre une douche puis se coucher. La grande brune se rendit donc à l'étage et fit ce qu'elle avait à faire avant de prendre un livre pour bouquiner avant de dormir. Elle était absorbée dans son roman quand elle sentit une présence dans la chambre. Elle fronça les sourcils et releva la tête avant d'écarquiller les yeux en voyant que l'homme de l'entrepôt était appuyé contre la porte de sa chambre.

- "Mais comment vous êtes entré?
- Chut, fais moins de bruit, on pourrait t'entendre.
- Mais qu'est-ce que vous foutez dans ma chambre? J'avais raison de vous traiter de pervers en fin de compte!
- Si j'étais un pervers, je serais apparu pendant que tu étais sous la douche. Même si je ne peux nier que l'idée m'a effleuré l'esprit.
- Dégueu.... Qu'est-ce que vous me voulez encore? Ça ne

vous suffit pas de me faire suivre?
- C'est justement de ça dont je voulais te parler."

La grande brune cligna des yeux avant de déglutir difficilement quand, en un battement de cil, l'homme se retrouva sur le lit, au-dessus d'elle, la surplombant autant de son corps imposant que de son aura écrasante.

- "Mon serviteur m'a rapporté une conversation fort intéressante. Il paraît que tu veux que j'aille me faire foutre, et que si je veux te dire quelque chose, je dois ramener mes fesses. Pourtant, tu n'as pas l'air ravie que j'ai pris tes mots au pied de la lettre.
- Vous n'étiez en effet pas obligé de venir, vous auriez pu vous cantonner au fait d'aller vous faire foutre.
- Encore cette répartie... Quel cran... Tu n'en as pas conscience, mais plus tu agis de la sorte, et plus tu te rends intéressante à mes yeux.
- Alors qu'est-ce que je suis censée faire pour que vous me laissiez tranquille?
- Mais rien, ma chère. Je ne suis pas du genre à abandonner un jouet aussi captivant.
- Un jouet? Même pas en rêve!"

Sans même réaliser ce qu'elle faisait, Shana gifla violemment l'homme, geste qu'elle regretta immédiatement quand il lâcha un grognement féroce et que ses yeux virèrent au rouge. Shana eut la vague idée d'appeler à l'aide, mais ce serait inutile. Personne ne pourrait la protéger face à cet homme. Elle enverrait juste toute sa famille vers une mort certaine. Pour la première fois depuis longtemps, elle ressentait de la peur, une peur viscérale qui faisait trembler chaque cellule de son corps. Elle allait mourir, c'était certain. Pourtant, à son grand étonnement, et à son grand soulagement aussi, l'homme ne bougea pas, même si elle pouvait clairement sentir qu'il était en train de lutter contre ses pulsions meurtrières. Mais il faut croire qu'il n'avait pas envie de casser son jouet. Pas tout de suite en tout cas. Cette pensée rebutait Shana, mais une idée germa dans son esprit. Ils avaient un problème de démons et cet homme était à n'en pas douter celui qui les contrôlait. Peut-être qu'elle pourrait s'en servir à son avantage. Mais jusqu'où était-elle prête à aller? Voulait-elle risquer sa vie pour une cause qui ne lui tenait même pas particulièrement à cœur? Ou bien est-ce que c'était son désir de sortir de sa vie ennuyeuse qui la poussait à se dire que lui aussi pourrait être une source de divertissement? Quoi qu'il en soit, elle avait pris sa décision. Elle ne comptait pas donner son âme au Diable. Non, elle allait l'apprivoiser.

L'homme la surplombait toujours, encore en proie à son combat intérieur pour résister à l'envie de la tuer. Shana avait toujours peur, pourtant elle plaqua l'une de ses mains sur la nuque de l'homme pour le rapprocher d'elle, avant de sceller leurs lèvres. Elle sentit qu'il était surpris, mais il ne fallut pas longtemps pour qu'il se reprenne et qu'il rende le baiser encore plus ardent. La peur de la grande brune s'envola tandis qu'elle se noyait dans les lèvres brûlantes qui dévoraient les siennes. Son souffle se fit plus court et, sans s'en rendre compte, elle resserra son étreinte afin que le corps du Démon soit pressé contre le sien. Elle sentait qu'il était à présent empli de désir, au point que c'en était presque effrayant, mais plutôt flatteur aussi, il faut l'admettre. Se laissant transporter par le baiser, leurs langues dansant ensemble à présent, la jeune femme fit glisser ses mains sous le t-shirt de l'homme. Elle put alors savourer sa peau douce et chaude sous ses doigts, le relief de ses muscles parfaits. Elle releva lentement l'une de ses jambes, jusqu'à ce que sa cuisse entre en contact avec l'entrejambe gonflé du Démon. Il grogna à nouveau, mais de plaisir cette fois-ci, puis, au grand désarroi de la grande brune, il s'éloigna soudainement d'elle, le souffle court.

- "Pourquoi tu t'éloignes, demanda Shana, sa voix laissant apparaître sa frustration malgré elle.
- Nous ne sommes pas seuls dans cette maison, et il ne vaut mieux pas qu'on nous entende.
- Alors tu vas me laisser en plan, comme ça?
- Pour le moment oui, mais je reviendrais te chercher très bientôt.
- Tu reviendras... me chercher?"

23

Mais une fois de plus, l'homme disparut sans lui répondre, après lui avoir fait un clin d'œil. Shana se redressa et elle grimaça en sentant que sa culotte était trempée. Bien que frustrée, elle sourit en se disant que vu l'érection qu'il avait en partant, elle n'allait pas être la seule à devoir se soulager elle-même. Quoi qu'il y avait peu de chances qu'il le fasse lui-même. Il devait avoir d'innombrables conquêtes. Si ça se trouve, il s'était même concocté un harem rempli de démones en chaleur. Shana grommela et, son désir ayant disparu, elle changea de culotte avant de se recoucher. Elle allait faire craquer cet homme. Et pas juste sexuellement. Non, elle allait le battre à son propre jeu. C'est lui qui deviendrait son jouet. Elle s'en faisait la promesse.

CHAPITRE TROIS

Shana devenait impatiente. Trois jours étaient passés depuis la visite du Démon dans sa chambre et il n'avait pas redonné signe de vie. Son sous-fifre ne semblait plus la suivre non plus, à moins qu'il ait enfin appris à se faire discret. Quoi qu'il en soit, la grande brune était frustrée, mentalement comme physiquement. Elle pouvait difficilement le nier, l'homme l'attirait et elle avait hâte de sentir à nouveau la chaleur de son corps contre le sien. Pourtant, Shana n'avait jamais été particulièrement portée sur le sexe. Sa dernière relation remontait à plus de deux ans, et ça ne lui manquait pas vraiment. Mais cet homme était différent, ce qui n'était pas étonnant en soit. Le Diable n'est-il pas censé être le symbole de la tentation et de la luxure après tout?

La grande brune soupira et resserra sa longue cape autour d'elle. Même si c'était le mois de juin, il avait beaucoup plu ces derniers jours et les nuits étaient fraîches. Assise sur le toit de la maison, Shana se perdait dans la contemplation des étoiles. Ça l'aidait à se vider la tête et à se détendre. Un mouvement sur sa droite la fit cependant sursauter et elle dut se forcer à garder un visage neutre quand le Démon vint s'asseoir à côté d'elle.

- "Moi qui avait espoir que tu m'aies oubliée et que tu ne reviendrais pas…
- Tes parents ne t'ont jamais appris que c'est mal de mentir?
- Ils m'ont aussi appris à ne pas parler aux inconnus mais ça t'arrange bien que je ne l'ait pas fait.
- Certes. En tout cas, je suis venu te chercher comme convenu.
- Et pour m'emmener où?

- Dans un endroit où je pourrais te faire hurler de plaisir toute la nuit sans que personne ne vienne nous déranger."

Shana sentit ses joues s'enflammer, même si elle aurait préféré ne rien laisser paraître. Ses mots pouvaient être mensongers, mais son corps entier la trahissait. Le Démon dut sentir sa contrariété, car il laissa échapper un petit rire.

- "Ça ne sert à rien de lutter, personne ne peut me résister.
- C'est un défi?
- Non, juste un fait. Tu as autant envie que moi qu'on finisse ce qu'on a commencé alors il n'y a aucun intérêt à perdre plus de temps."

Shana en voyait un, elle ne voulait pas passer pour une fille facile. Mais en même temps, c'était elle qui avait pris l'initiative du baiser, alors il serait stupide de freiner les choses maintenant. Et même si elle ne pouvait s'empêcher de provoquer l'homme, sa curiosité la poussa à abandonner, pour cette fois en tout cas.

- "Bon, allons-y alors, je te suis."

La jeune femme se leva puis elle regarda le Démon, qui lui tendait la main. Elle eut envie de lui dire qu'elle était capable de marcher toute seule, mais son regard insistant la fit taire. Elle prit donc l'immense main chaude dans la sienne et quelques secondes plus tard, tout se mit à tourner autour d'elle. Son estomac se noua et elle dut se faire violence pour ne pas vomir. Puis elle ne vit plus rien, n'entendit plus rien, avant qu'une pièce n'apparaisse autour d'eux. Shana cligna des yeux et s'appuya inconsciemment contre l'homme pour se soutenir, sa nausée n'ayant pas encore totalement disparue. Elle prit une profonde inspiration puis elle balaya la pièce du regard. Ils se trouvaient dans une grande chambre. Il y avait peu de meubles. Juste une grande armoire, un bureau, un fauteuil, une table de chevet et un lit tellement immense que six personnes auraient aisément pu y dormir sans se gêner. Les lampes murales éclairaient d'une lumière douce, intime. Il n'y avait pas de fenêtre pourtant Shana ne se sentait pas oppressée. Elle avait plutôt l'impression d'être dans un cocon.

- *"C'est ta chambre?*
- *En effet.*
- *Je ne l'imaginais pas comme ça…*
- *Et à quoi est-ce que tu t'attendais?*
- *Je sais pas trop... Peut-être une sorte de salle de torture avec des appareils de sado-masochisme partout..."*

Le Démon cligna des yeux avant d'éclater de rire en secouant la tête.

- *"Je n'ai besoin d'aucun artifice pour satisfaire ma partenaire. Mais si tu tiens à ce que je te torture, il y a de quoi faire. Nous sommes en Enfer après tout.*

- Non merci, je m'en passerais..."

Shana sentit cependant son estomac se nouer et la peur grandit à nouveau en elle. Avant qu'il n'en fasse la remarque, elle n'avait pas réalisé qu'ils se trouvaient en Enfer. Son esprit s'était cantonné à cette chambre rassurante. Et si elle en croyait les écrits des Anciens, aucun humain ne pouvait sortir des Enfers une fois qu'il y avait mis les pieds. Le Démon sentit son trouble, car il la fit le regarder et caressa sa joue avec son pouce.

- "Ne panique pas. Je te ramènerais sur Terre. Tu n'es pas encore morte et ton âme n'est pas encore à moi.

- Qu'est-ce qui te fait croire que je ne finirais pas au Paradis après ma mort?

- Tu fricotes avec le Diable en personne. Tu crois vraiment que ça va jouer en ta faveur? Et puis, tu peux me croire, tu t'ennuierais là-haut.

- Dans tous les cas, je préférerais qu'on parle d'autre chose... J'aime à penser que ma mort n'est pas pour tout de suite.

- Tu as raison. D'autant plus que nous avons des choses bien plus intéressantes à faire ensemble."

La grande brune reporta alors toute son attention sur l'homme, qui lui souriait. Elle pencha un peu la tête sur le côté avant de se gratter la joue.

- *"Il va falloir faire plus que me sourire si tu veux me remettre dans la même ambiance que la dernière fois.*
- *J'en avais l'intention. Mais ça me plait de te forcer à le demander."*

Shana leva les yeux au ciel avant que le Démon ne s'approche enfin d'elle. Il plaça une main sur la hanche de la jeune femme tandis que sa consoeur se fichait sur sa nuque, puis il scella leurs lèvres. Shana fit de son mieux pour ne pas sombrer dans le désir trop vite, mais après seulement quelques minutes de baisers ardents, son cœur battait la chamade, son souffle était court et sa culotte était plus que humide. Mais elle n'était pas la seule à être dans tous ses états. Elle pouvait déjà clairement sentir le membre gonflé du Démon pressé contre sa cuisse. Cependant, il fut le premier à craquer. Il rompit soudainement le baiser avant d'entraîner la grande brune jusqu'au lit puis il entreprit de retirer leurs habits sans grande délicatesse.

- *"Quelqu'un est pressé à ce que je vois.*
- *Comme si j'étais le seul. Je pourrais sentir l'odeur de ta mouille à cent mètres."*

Shana écarquilla les yeux avant de rougir violemment, ce qui ne lui arrivait pour ainsi dire jamais. Elle marmonna qu'il pourrait faire preuve de plus de tact, ce qui le fit rire.

- "Si tu voulais un mec doux et attentionné, il fallait coucher avec un angelot, pas avec le Diable.

- J'y penserais pour la prochaine fois.

- Tes prochaines fois seront toutes avec moi.

- Possessif, hmm? Mais je ne suis pas ton jouet. À moins que tu aies envie que je te gifle à nouveau.

- Il ne vaudrait mieux pas pour toi. Ma patience a des limites.

- La mienne aussi, alors fais ce que tu as à faire au lieu de dire n'importe quoi. "

L'homme grogna tout bas. Apparemment, il n'appréciait pas particulièrement de recevoir des ordres. Cependant, il mit fin à la conversation afin que l'ambiance ne soit pas ruinée, et ses lèvres commencèrent à explorer la peau douce de la jeune femme. Cette dernière ferma les yeux et laissa échapper des soupirs d'aise. Elle avait l'impression qu'il laissait des langues de feu à chaque endroit où il la touchait et c'était une sensation délicieuse. Il lui arracha finalement son premier gémissement quand il entreprit de faire durcir ses boutons de chair en les mordillant. Les seins fermes et blancs de la grande brune se redressèrent alors tandis qu'elle enfouissait ses doigts dans les cheveux du Démon. Il savait s'y prendre, il n'y avait pas de doute là-dessus. Lorsqu'il fut satisfait de son œuvre, il partit à la conquête du Sud. Shana ouvrit les yeux et le regarda déposer des baisers sur son bas-ventre, puis sur l'intérieur de ses cuisses. Il lui écarta ensuite davantage les jambes et la jeune femme se mordit la lèvre tandis qu'il approchait lentement mais surement de son sexe désireux. Shana ferma à nouveau les yeux tandis que son dos s'arqua au contact de la langue et du souffle chaud du Démon sur son clitoris et ses lèvres inférieures. Elle tâchait de ne pas trop bouger mais ses jambes commençaient déjà à trembler sous le plaisir tandis qu'elle lui appuyait inconsciemment sur la tête pour qu'il ne s'arrête surtout pas. Il s'amusait à la torturer, faisait exprès de lui donner toujours plus de plaisir, sans pour autant la laisser atteindre l'orgasme. Ses lèvres, sa langue, ses doigts, il savait exactement où la toucher pour l'exciter. Mais c'était frustrant. Elle en voulait plus, beaucoup plus, et sans même qu'elle ne s'en rende compte, ses gémissements devinrent des suppliques.

- *"S'il-te-plait…*
- *S'il-te-plait, quoi?*
- *Tu le sais très bien…*
- *Je veux t'entendre le dire.*
- *Putain... Prends-moi…*
- *Tu vois quand tu veux."*

Shana plissa son nez face au regard plein de fierté du Démon. Mais elle serait en colère plus tard, pour le moment, elle avait juste hâte qu'il se décide enfin à entrer en elle. Il se redressa et la surplomba à nouveau. Il la dominait complètement et, étrangement, elle aimait ça. Elle passa ses bras autour du cou de l'homme pour le coller à elle et ils recommencèrent à s'embrasser tandis qu'il la pénétrait lentement. Leurs gémissements vibraient dans la bouche de l'autre alors que le Démon entamait des mouvements de va-et-vient. C'était encore mieux que ce que Shana avait imaginé. L'érection brûlante et gonflée du grand brun l'emplissait totalement. Elle avait l'impression que tout son corps était stimulé en même temps. Les mains sur Démon s'activaient d'ailleurs, caressant sa peau, malmenant ses seins. La tête de la grande brune finit par partir en arrière et, comme l'homme l'avait prédit, la chambre fut vite remplie par des cris de plaisir. Shana avait l'impression qu'elle allait perdre pied, qu'elle allait se noyer dans tout ce plaisir. Elle avait du mal à reprendre son souffle et elle tremblait de la tête aux pieds. Mais le Démon ne ralentissait pas le rythme, au contraire, ses coups de bassin semblaient être toujours plus rapides et brutaux. Il leur fit changer plusieurs fois de position, la mettant tantôt à quatre pattes, tantôt allongée sur le côté, tantôt assise sur lui. Ce n'est qu'après leur quatrième orgasme qu'il estima qu'il en avait assez fait. Il sortit lentement d'elle et Shana se laissa retomber lourdement sur le matelas. Son sang tambourinait dans ses tempes et sa vue se brouillait de plus en plus. Elle perdait pied. Il lui avait happé toutes ses forces. Elle l'entendit parler, mais sa voix était lointaine. Tout paraissait lointain, comme si elle tombait dans un gouffre sans fond, jusqu'à ce qu'elle finisse par perdre connaissance.

CHAPITRE QUATRE

Lorsque Shana se réveilla, elle avait mal partout, et elle avait faim et froid. Elle se mit en boule dans le lit avant d'ouvrir les yeux. Il lui fallut quelques secondes pour se rappeler où elle était et ce qui s'était passé. Le Démon n'était pas là. La grande brune soupira puis elle se leva difficilement, ses jambes la soutenant à peine. Elle se rendit aux toilettes, puis dans la salle de bain. Un coup d'eau fraîche sur le visage la revigora, puis elle se regarda dans le miroir. Elle était dans un sale état. Ses cheveux étaient emmêlés, elle avait des suçons et des marques de morsures sur le cou et les seins. Sa peau était striée de griffures plus ou moins profondes et, au niveau de ses hanches, elle avait des bleus de la forme des mains du Démon.

- *"Il n'y a vraiment pas été de main morte..."*

La jeune femme ne put cependant s'empêcher de sourire. Jamais elle n'oublierait cette nuit-là, c'était certain. Elle se coiffa rapidement puis retourna dans la chambre. Elle enfila sa culotte puis regarda le reste de ses vêtements, qui étaient en lambeaux. Elle marmonna puis se dirigea jusqu'à la grande armoire. Elle y trouva un boxer, qui lui servirait de short, et une chemise, qui lui arrivait presque jusqu'aux genoux. Une fois prête, elle ouvrit timidement la porte de la chambre, n'ayant aucune idée de ce qui l'attendait derrière. Elle arpenta ensuite les couloirs. Au début, elle était seule, puis elle croisa de plus en plus de démons. Certains la toisaient avec curiosité, se demandant sûrement qui était cette humaine qui déambulait librement en Enfer, d'autres lui lançaient des regards pleins de dégoût et de mépris, et d'autres encore la dévoraient du regard, certains pour son corps, les autres pour son âme. Et c'est ces derniers qui inquiétaient le plus la jeune femme. Elle n'avait pas réfléchi en s'aventurant hors de la chambre, et elle s'était mise en danger. Même ses pouvoirs ne seraient pas suffisants pour la protéger d'autant de démons affamés.

Shana voulut faire demi-tour, mais ils lui barrèrent la route. La peur l'envahit alors à nouveau. Elle n'osait même pas imaginer ce qu'ils pourraient lui faire.

- *"Bah alors, ma jolie, tu t'es perdue?*
- *En voilà un joli p'tit lot!*
- *Ça fait bien longtemps que je ne me suis pas délecté d'une âme aussi mignonne.*
- *Ça va être un vrai festin!"*

La grande brune était tétanisée, elle avait perdu sa répartie cinglante, ne pouvant que reculer en tremblant. Mais bientôt, son dos toucha un mur. Elle était encerclée, c'était fini pour elle. Elle allait fermer les yeux, ne préférant pas voir ce qui allait suivre, quand une voix forte et pleine de colère retentit.

- *"Touchez-la et je vous tue."*

Les démons se figèrent l'espace d'une seconde avant de s'enfuir à toutes jambes. Shana se laissa glisser contre le mur, ses jambes ne la soutenant plus.

- *"Mais qu'est-ce qui t'as pris de sortir toute seule de la chambre?! T'es suicidaire ou quoi?*
- *Je... J'avais faim..."*

Face à la mine penaude de la jeune femme et à ses yeux encore embués par la peur, le Démon soupira et retrouva son calme. Il la prit dans ses bras et la porta jusqu'à la chambre avant de la déposer sur le lit.

- *"C'est pas étonnant que tu aies faim, tu as dormi pendant deux jours.*
- *Quoi? Mais... ma famille…*
- *Ne t'en fais pas, le temps passe différemment ici. Pour eux, ça ne fait que quelques heures que tu es partie. Alors maintenant, tu restes sagement ici, je vais te chercher à manger.*
- *D'accord..."*

Shana se mit en boule sous la couverture, tâchant de se remettre de ses émotions. Elle avait failli mourir à cause de sa négligence, de sa stupidité même. L'homme avait failli arriver trop tard. Ce qui la perturbait aussi, c'était le regard du Démon: elle y avait décelé de la colère et de la possessivité, mais il avait aussi véritablement semblé soulagé qu'elle aille bien. Elle avait cru percevoir son inquiétude derrière son masque de Maître des Enfers tout puissant. Mais il ne l'avouerait probablement jamais, et elle ne comptait pas lui poser la question de toute façon. Pour le moment, elle était juste heureuse d'être en vie. Et elle voulait rentrer chez elle. Pour la première fois depuis que son frère avait quitté la maison, elle ressentait le besoin d'aller se réfugier dans le cocon familial.

Quelques minutes plus tard, le grand brun revint avec des sacs de courses. Il marmonna qu'il avait acheté des choses au hasard sur Terre, car il n'y avait rien pour les humains en Enfer. La jeune femme le remercia et elle commença à manger sans attendre. Une fois repue, elle soupira d'aise et s'étira de tout son long. Elle allait se lever quand le Démon la força à s'allonger et se mit au-dessus d'elle.

- *"Qu'est-ce que tu fais? Je ne pense pas être suffisamment en forme pour qu'on remette ça.*
- *Ce n'est pas mon intention. Maintenant que tu te sens mieux, il faut qu'on parle.*
- *Parler de quoi?*
- *De la raison pour laquelle tu es venue avec moi ici. Et ne me*

dis pas que c'est juste pour le sexe, je sais qu'il y a autre chose."

Shana regarda l'homme qui la dominait à nouveau. Il ne semblait pas être en colère, mais il exigeait clairement une réponse. Elle hésita à lui mentir, avant de se dire qu'il valait mieux ne pas le prendre pour un idiot. Il était très loin de l'être.

- "Suite à la confrontation que j'ai eu avec ton démon, le jour où on s'est rencontrés, ma famille a remarqué que de plus en plus de démons venaient sur Terre. Mais j'ai déjà galéré avec un démon inférieur... et la plupart des membres de ma famille sont moins forts que moi, alors ils n'ont aucune chance. Du coup, je me suis dit que je pourrais en apprendre plus en te fréquentant."

Le Démon cligna des yeux. Apparemment, il ne s'était pas attendu à une telle franchise. Il sembla réfléchir quelques instants avant de se redresser.

- "Vous feriez mieux de rester en dehors de tout ça. Je m'en occupe.
- Alors ce n'est pas toi qui les as envoyés?
- Pourquoi je ferais ça?
- Bah... J'en sais rien... Parce que tu es le Diable?...
- Et donc je suis forcément dans tous les mauvais coups, c'est ça?"

37

La voix de l'homme s'était faite plus rauque et ses yeux avaient virés au rouge une fraction de seconde. Il était irrité. Non, plutôt vexé en fait. Shana ne put s'empêcher de sourire et elle caressa la joue du grand brun.

- "Si ce n'est pas toi, pourquoi est-ce qu'ils reviennent sur Terre tout à coup? Ils se rebellent?
- Je t'ai dit de ne plus t'occuper de ça. Mon travail est de les empêcher de faire n'importe quoi, et je vais le faire, donc n'en parlons plus."

Shana voulut le calmer, mais alors qu'elle allait ouvrir la bouche, elle se rendit compte qu'elle ne savait pas comment l'appeler.

- "D'accord, changeons de sujet alors. J'ai une question…
- Je t'écoute.
- Comment... tu t'appelles?
- Oh... C'est vrai que je ne me suis jamais présenté au final. Eh bien... j'ai de multiples noms... Le Malin, Satan, le Prince des Ténèbres, le Diable, le Démon, Belzébuth, Lucifer…
- Et lequel est le bon?
- Celui que tu voudras, ça m'est égal.
- Hmm... Vas pour Lucifer alors... Je me vois mal gémir Oh oui, Prince des Ténèbres, vas-y plus fort!..."

Le grand brun laissa échapper un rire avant de lui faire une pichenette sur le front.

- *"C'était donc là que tu voulais en venir?*
- *Pas vraiment, j'y ai pensé après. Mais j'ai une autre question.*
- *Fais toi plaisir. Mais ce sera la dernière pour aujourd'hui.*
- *Pourquoi tu m'as fait venir ici? Et ne me dis pas que c'est juste pour le sexe, je sais qu'il y a autre chose."*

Lucifer fronça les sourcils quand la jeune femme retourna contre lui ses propres mots. Et tout comme elle, il hésita entre mentir et dire la vérité. Il finit cependant par hausser nonchalamment les épaules.

- *"Je te l'ai dit. Tu es intéressante et divertissante alors je suppose que je voulais en apprendre plus sur toi.*
- *Pourtant tu ne me poses aucune question.*
- *Parce que tu ne pourrais pas y répondre.*
- *Comment ça?*
- *Je t'en parlerai plus tard. Peut-être.*
- *Mais…*
- *Pas de mais, Shana."*

La grande brune fit la moue, mais elle n'ajouta rien. Il avait une façon de dire son prénom qui faisait avoir un raté à son cœur. Ils restèrent un petit moment sans rien dire, puis la jeune femme demanda au Démon de la ramener chez elle.

Cela sembla le contrarier quelque peu, mais il acquiesça et se leva avant de lui tendre la main. Shana allait s'en saisir mais elle se ravisa au dernier moment.

- *"Il y a un problème?*
- *Je dois vraiment rentrer dans cette tenue?*
- *Je ne vois pas où est le problème, tu es bandante comme ça. Et de toute façon, je vais te ramener directement dans ta chambre donc personne ne te verra.*
- *Tu aurais pu te contenter de dire ça, idiot!*
- *Mais si vraiment cette tenue ne te convient pas, je peux demander à l'une de mes concubines de te passer quelque chose.*
- *Pardon? T'es sérieux là?...*
- *Oui, pourquoi?*
- *Parce qu'il est difficile de manquer de plus de tact que ça. Je vais vraiment t'abandonner pour aller avec un ange si tu continues.*
- *Techniquement, il fut un temps où j'en étais un.*
- *Et ce temps est révolu depuis longtemps à ce que je vois."*

Shana croisa les bras, les sourcils froncés et Lucifer la jaugea quelques secondes avant de comprendre qu'elle ne plaisantait pas et que ses paroles l'avaient vraiment blessée.

- *"Tu pensais que j'étais du genre à être célibataire et à faire preuve de chasteté?*

- Bien sûr que non! Je me doutais que tu aurais pleins de plans cul, un harem, ou des concubines, peu importe comment tu les appelles! Mais ce n'est pas une raison pour me balancer en pleine face que je ne suis qu'une parmi tant d'autres.

- Parce que tu voudrais être plus que ça?

- T'es stupide ou tu le fais exprès? Il y a une différence entre savoir et se l'entendre dire. Je m'en fous que tu trempes ta nouille n'importe où, mais je ne veux pas le savoir! Ça te plairait si moi je te balançais que je me tapais pleins d'autres mecs à côté?

- Non. Je t'ai dit que je serais le seul avec qui tu aurais tes prochaines fois.

- Sauf que tu n'as aucun droit d'affirmer ça. Je ne suis pas à toi, tout comme tu n'es pas à moi. Et ce sera toujours comme ça.

- C'est ce qu'on verra."

Ils se défièrent du regard, tous les deux en colère même si leurs raisons différaient quelque peu. La tension monta encore jusqu'à ce que le Démon ne plaque la jeune femme contre le mur et ne l'embrasse langoureusement. Elle entoura instinctivement ses bras autour du cou du grand brun et répondit à son baiser avec autant de langueur, le serrant contre elle. Shana s'accrocha un peu au t-shirt de l'homme quand celui-ci passa la pointe de sa langue le long de sa mâchoire, puis dans son cou, la faisant frémir quand il touchait l'une des nombreuses marques qu'il lui avait faites pendant leurs ébats.

- *"Tu seras à moi, et à moi seul.*
- *Sauf si c'est toi qui craque le premier. Alors c'est toi qui seras à moi.*
- *Tu te lances un défi que beaucoup ont essayé de relever, mais personne n'a jamais réussi.*
- *Je ne suis pas n'importe qui. Ne me sous-estime pas."*

    Elle le sentit sourire contre sa peau puis il se redressa, lui vola un baiser avant de prendre sa main afin de la téléporter dans la maison familiale. Une fois que sa nausée fut passée, Shana alla s'asseoir sur son lit puis elle regarda le Démon.

- *"Comment je suis censée dire à ma famille que tu vas gérer les démons, sans pour autant leur dire que je t'ai vu?...*
- *Tu es une personne intelligente, tu trouveras bien quelque chose.*
- *Je n'ai pas vraiment le choix de toute façon. Je n'ose même pas imaginer comment ils réagiraient s'ils savaient ce qu'on a fait...*
- *Ils te banniraient sûrement... ou bien ils te tueraient. Ça dépend d'à quel point ils sont à cheval sur les lois magiques.*
- *Merci de me rassurer...*
- *Je ne suis pas inquiet pour toi. Personne ne te fera de mal.*

- Parce que tu vas me protéger comme tu l'as fait avec les démons?

- S'il le faut, oui.

- J'ai du mal à t'imaginer dans le rôle du chevalier servant…

- Alors vois moi juste comme une personne arrogante et possessive qui n'aime pas qu'on touche à ce qui lui appartient.

- Ce qui est la vérité, en gros.

- Exactement."

Shana laissa échapper un petit rire tout en secouant la tête. Elle fut ensuite quelque peu désarmée quand le Démon se pencha et déposa un baiser sur son front. Il lui indiqua de penser à bien dissimuler les marques qui parsemaient son corps, puis disparut comme à son habitude, sans lui laisser le temps de parler, et encore moins de lui demander quand ils se reverraient.

CHAPITRE CINQ

Pendant les deux jours suivants, Shana se tortura les méninges. Elle n'arrivait pas à trouver de mensonge suffisamment convainquant pour expliquer à sa famille qu'ils devaient rester à l'écart des démons, que Lucifer allait s'en occuper. Et la réunion de famille approchait à grands pas. Il ne restait plus que quelques heures. Elle soupira longuement et alla sur le toit de la maison pour prendre l'air en toute tranquillité. Improviser pourrait se retourner contre elle. Mais un mensonge trop élaboré la trahirait tout autant. S'il n'avait pas s'agit de Lucifer en personne, elle aurait pu dire une partie de la vérité, mais là, c'était trop risqué. Même sa mère et son frère ne prendraient pas son parti en cas de procès magique et elle serait probablement condamnée à mort, chose qu'elle préférait éviter, même si Lucifer lui avait assuré qu'il ne laisserait rien lui arriver. Ça la perturbait d'ailleurs de se dire qu'elle lui faisait confiance, aussi rapidement qui plus est, alors qu'il était quand même le Diable en personne. Mais pour le moment, il avait été honnête avec elle, parfois un peu trop d'ailleurs.

Perdue dans ses pensées, Shana ne vit pas le temps passer, et elle ne réalisa qu'elle n'avait toujours pas de plan d'action qu'au moment où sa mère l'appela par le velux pour lui dire que la réunion allait commencer. La grande brune soupira doucement puis elle se rendit à la cave, où les autres membres de la famille l'attendaient déjà. Finalement, elle allait devoir improviser, que ça lui plaise ou non.

La réunion commença donc. Même si un siège avait été rajouté pour Shana, elle préférait malgré tout rester debout, appuyée contre le mur. Cela lui permettait de ne pas baisser sa garde, de se concentrer sur sa posture. Elle écouta attentivement ses aînés, même si aucun n'avait trouvé de solution, ni même d'informations. Ils piétinaient clairement. Quand chacun eut pris la parole, ils tournèrent leur attention vers Shana. Elle déglutit avant de reprendre un visage neutre.

- "Je n'ai pas beaucoup plus de nouvelles. Je ne sais pas pourquoi les démons ont refait leur apparition tout à coup, mais apparemment Lucifer en personne s'occupe de régler le problème.

45

- Et comment est-ce que tu sais ça?

- Il m'arrive d'aller dans la vieille ville. Les gens savent des choses là-bas.

- Et on est censés te croire sur parole?

- Que vous me croyiez ou non, c'est votre problème. Moi je vous donne les infos que j'ai, après vous en faites ce que vous voulez.

- Je ne doute pas de la véracité de tes informations, mais de la façon dont tu les as obtenues. Je sais que tu nous caches quelque chose, l'accusa sa tante.

- Je ne vois pas de quoi tu parles.

- Du fait que tu portes soudainement des cols et des manches longues au mois de juin alors qu'il y a à peine quelques jours, tu passais ton temps en t-shirt et en short.

- Le temps s'est rafraîchi, c'est tout. Tu t'imagines des trucs.

- Si ce n'est que mon imagination, alors tu ne verras aucun inconvénient à nous prouver que tes vêtements ne sont pas là pour cacher de quelconques marques. "

Shana plissa son nez. Jamais personne ne lui prêtait la moindre attention d'habitude. Pourquoi fallait-il que sa tante décide de s'attarder sur les détails pile à ce moment-là? Certes, ses marques avaient cicatrisées et elles s'atténuaient, mais elles étaient encore très visibles et reconnaissables. Et elle ne pouvait même pas en vouloir à Lucifer de l'avoir mis dans cet état, car sur le moment, elle avait adoré qu'il le fasse.

Sous le regard impatient et accusateur de sa famille, la grande brune soupira et elle retira son col roulé, se retrouvant alors en débardeur court. Les bleus, morsures, suçons et griffures qui la parsemaient étaient d'autant plus visibles qu'elle avait la peau particulièrement claire.

- *"Voilà, vous êtes contents? Je cachais juste le fait que je me suis envoyée en l'air un peu trop violemment. Je ne vous cachais rien à propos des infos, je voulais juste préserver ma vie privée. Déjà que je suis obligée de rester vivre ici tant que je suis célibataire, je vais pas en plus vous faire un rapport sur les mecs que je me tape.*
- *Shana, ça suffit, on a compris",* la coupa sa mère, sous le choc.

La grande brune soupira avant d'hausser les épaules.

- *"Bref, tout ça pour dire qu'on devrait laisser le Diable faire son boulot et empêcher les démons de venir sur Terre comme bon leur semble.*
- *Alors tu veux vraiment qu'on reste les bras croisés? Deux mages ont été tués hier en essayant de protéger des non-mages!*
- *Justement, ça prouve qu'on ne fait pas le poids et qu'il vaut mieux rester à l'écart.*
- *On ne peut pas faire ça,* soupira la mère de Shana. *Ma chérie, je sais que ça ne va pas te plaire, mais nous allons*

devoir faire appel à ton père.

- On n'a pas besoin de lui!

- Bien sûr que si, lui seul pourrait intervenir.

- Je te préviens, si tu le fais venir, je me casse.

- Shana... Je sais les désaccords que vous avez eu... mais c'est notre rôle de protéger la population…

- Et de protéger notre famille, mais ça, il l'a oublié depuis longtemps. Fais ce que tu veux, maman, mais ne compte pas sur moi pour rester."

Sur ces mots, Shana ramassa son col roulé et quitta la pièce en claquant la porte. Elle se rendit dans sa chambre et commença directement à faire son sac. Comment sa mère pouvait-elle oser parler de son père? Après tout ce qu'il avait fait? Il était hors de question de rester. Shana savait que sinon, elle ne pourrait résister à l'envie de le tuer de ses propres mains.

Une fois son sac fait, la jeune femme enfila sa cape et sortit de sa chambre. Contrairement à son habitude, elle ne passa pas par la fenêtre. Elle voulait qu'ils la voient tous partir, qu'ils comprennent que si son père venait, alors ils perdraient son aide, même si pour le moment c'était probablement le cadet de leurs soucis. Ils ne juraient que par la puissance du grand mage Karui. Peu importe ce qu'il faisait, tout le monde le pardonnait, parce que c'était lui. Mais il était hors de question que Shana passe l'éponge. Elle eut même l'idée de demander à Lucifer d'envoyer un démon supérieur attaquer son père pour le faire tomber de son piédestal. Mais il y avait peu de chances pour qu'il accepte. Son rôle était d'empêcher les démons de venir sur Terre, pas d'en envoyer des encore plus dangereux. Et encore moins pour une vengeance personnelle qui ne le regardait pas le moins du monde.

En sortant, Shana entendit vaguement que sa mère la suppliait de rester, mais rien de ce qu'elle pourrait dire ne la ferait changer d'avis. D'ailleurs la jeune femme sentait la rancoeur qu'elle avait enfouie depuis longtemps refaire surface. Il lui avait fallu plusieurs années pour arrêter de détester sa mère parce qu'elle s'était toujours rangée du côté de son père, et ce même lorsqu'il blessait leurs propres enfants. L'amour n'excuse pas tout. Sa mère était complètement aveuglée, au point d'en devenir stupide.

Shana marcha en direction d'un hôtel, le plus loin possible de la maison. L'orage grondait, mais elle s'en fichait. Elle n'avait pas envie de se calmer. Elle s'arrêta à quelques pas de l'hôtel et sortit son téléphone de sa poche. Un appel de son frère. La grande brune hésita avant de finalement répondre.

- *"Allo?*
- *Salut soeurette. Dis moi, la météo n'avait pas prévu de gros orages pour ce soir.*

- Même les pros peuvent se tromper.

- Je sais reconnaître tes éclairs, Nana. Qu'est-ce qui se passe?

- Maman ne t'a pas prévenu?

- Non, j'ai essayé de l'appeler mais la ligne était occupée.

- Elle a décidé de faire venir notre père.

- ... Pardon?

- Si au lieu de rester cloîtré avec ton idiote, tu venais aux réunions, tu le saurais.

- Ce n'est pas parce que tu es énervée que ça te donne le droit de mal parler d'Alysha.

- Hmm. Bref, je vais te laisser.

- Attends! Je suppose que tu es partie de la maison du coup. Tu vas dormir où?

- À l'hôtel.

- Viens plutôt chez moi. En plus, ça t'évitera de payer.

- Merci pour l'invitation, mais non. Je vais vomir si je vous vois vous bécoter.

- Nana... Sois pas comme ça…

- Comme quoi, Kal?

- Je sais que tu m'en veux d'avoir quitté la maison, mais je reste ton grand frère, et toi ma petite sœur. Je serais toujours là pour toi.

- Si tu le dis. Mais j'ai pas besoin de toi pour le moment. Je peux me débrouiller toute seule.

- Comme tu veux... mais tu peux appeler quand tu veux, okay?

- Okay, salut.
- Salut... Prends soin de toi, Shana..."

La grande brune raccrocha puis elle éteignit son téléphone avant d'entrer dans l'hôtel. Elle demanda une chambre puis alla s'y installer. Ce n'est qu'une fois qu'elle fut dans une baignoire remplie d'eau chaude et mousseuse que l'orage se calma. Shana soupira longuement puis elle ferma les yeux et laissa sa tête partir en arrière, tachant de détendre ses muscles. Elle savourait la solitude et le silence. Elle aurait presque pu se sentir bien.

- "Quel magnifique spectacle."

La grande brune n'ouvrit pas les yeux. Elle avait perçu la présence du Démon avant même qu'il ne prenne la parole. Elle l'entendit se déshabiller et elle plia ses jambes pour lui faire de la place, mais il préféra la faire bouger pour se mettre derrière elle et la caler entre ses jambes. Il passa ensuite un bras autour d'elle et la colla contre son torse.

- "Qu'est-ce que tu fais là, Lucifer? Je te manquais déjà?
- J'ai assisté à votre petite réunion de famille.
- Quoi? Mais j'ai pas senti ta présence!
- Tu ne peux la percevoir que lorsque je le souhaite. En tout cas, ton petit spectacle sur tes marques était incroyable. J'ai eu du mal à ne pas rire.

51

- *Contente de t'avoir diverti une fois de plus. Mais ça ne me dit pas ce que tu veux.*

- *À la base, j'étais plutôt satisfait de ce que tu avais dit, alors je comptais partir. Et puis j'ai senti ta colère. Et j'ai senti que tu m'appelais.*

- *J'ai jamais fait ça!*

- *Ah oui? Même quand tu songeais à me demander d'envoyer un démon tuer ton père?*

- *Comment tu sais ça?! Tu peux lire dans mes pensées?!*

- *Non. Mais tant que tu portes encore mes marques, je peux ressentir tes émotions fortes et là, c'était comme si tu hurlais dans ma tête.*

- *Hmm... Je suis censée m'excuser?*

- *Non, tu as le droit d'éprouver ce que tu veux. Mais j'aimerais des explications.*

- *Pourquoi ça t'intéresse? Pour te divertir en m'écoutant raconter mon passé tortueux? Ou bien pour avoir des infos sur mon père parce que tu as peur pour tes démons?*

- *Je n'ai pas peur pour eux. S'ils se font tuer alors qu'ils n'avaient rien à faire sur Terre, c'est leur problème. Et ce qui m'intéresse ce n'est pas ton père, mais toi.*

- *J'en viens à me demander si je dois être flattée ou flipper que le Diable en personne semble aussi obsédé par moi.*

- *Je n'y peux rien si tu es la première depuis bien longtemps à piquer ma curiosité et à me sortir un peu de ma morosité.*

- *Toi, t'as une vie morose? Je suis sûre que tu passes tes journées à botter le cul des démons, torturer des humains morts, puis baiser tes concubines toute la nuit.*

- C'est vraiment comme ça que tu me vois?

- J'en sais rien. J'espérais juste que si tu étais vexé, je pourrais de nouveau être seule, et ne pas avoir à répondre à tes questions.

- Je vois. Je peux m'en aller, si c'est ce que tu veux."

Shana sentit l'homme bouger derrière elle pour se lever et sortir du bain. Elle plissa son nez et attrapa ses mains avant de se blottir encore plus contre lui pour l'empêcher de partir. La chaleur de son corps l'apaisait, et il l'aidait à se changer les idées. Elle le sentit sourire tandis qu'il déposait un baiser sur son épaule.

- "Si tu fais le moindre commentaire, je te mords.

- C'est une menace ou une promesse?

- Idiot..."

Shana rit malgré elle et elle ouvrit enfin les yeux. Elle tourna la tête et se perdit dans le regard taquin du Démon. Ce dernier en profita alors pour l'embrasser, la faisant doucement ronchonner contre ses lèvres. Ils prolongèrent le baiser, puis la grande brune se tourna un peu plus afin de poser sa joue contre l'épaule de Lucifer.

- "Qu'est-ce que tu vas faire si mon père arrive vraiment à décimer tes démons?

53

- Je te l'ai dit, s'ils se font tuer alors qu'ils ne devraient pas être là, tant pis pour eux. Ça me fera moins de travail.

- Et s'il décide de ne pas s'arrêter là?

- Comment ça?

- Il y a une rumeur disant qu'il cherchait un moyen d'aller en Enfer pour détruire les démons à la source.

- Là ce serait différent en effet. Je serais obligé de protéger mon royaume et de le tuer.

- Je vois…

- Il y a une chose que je ne comprends pas.

- Laquelle?

- Si ton père est si puissant que ça, pourquoi est-ce qu'ils ont bridé tes pouvoirs?

- Hein? De quoi tu parles?

- Je l'ai senti en t'observant combattre mon démon. Tu es forte, mais tu n'utilises même pas le tiers de tes capacités. Je pensais que tu le faisais exprès, ou que tu avais peur d'en utiliser plus et de ne pas contrôler. Mais lorsqu'on a couché ensemble et que je t'ai marquée, j'ai senti la présence d'un sceau magique.

- Je... Pourquoi ma famille ferait ça?

- Comment je le saurais? Vu leur niveau, ils avaient sûrement peur de ne pas pouvoir te contrôler. S'ils te le retiraient, je pourrais t'aider à gérer l'étendue de tes pouvoirs.

- Pourquoi tu ferais ça?

- Je ne sais pas. Au moins, tu ne serais plus en danger, que ce soit ici ou quand tu veux sortir de ma chambre.

- Je ne crois pas avoir donné mon accord pour y retourner.

- Comme si ça te déplairait.

- Je ne suis pas une de tes concubines. Alors ne te mets pas dans la tête que je coucherais avec toi sur demande.

- C'est mignon que tu essaies de résister, tu sais?

- C'est pas une question d'essayer. C'est pas parce que t'es un bon coup que je vais passer outre mes principes du jour au lendemain.

- Je tacherais de m'en souvenir."

Shana sourit un peu avant de s'étirer. Elle se redressa ensuite avant d'annoncer qu'il était temps de sortir du bain. Elle était affamée. Elle enjamba la baignoire avant d'enfiler un peignoir, imitée par le Démon.

- "Tu comptes rester toute la nuit?

- Non, j'ai des choses à faire. Tu vas retourner chez toi demain pour qu'ils te retirent le sceau?

- J'en sais rien. Il faut que j'y réfléchisse. Ce n'est pas sûr qu'ils acceptent. Et comment je suis censée expliquer que je suis au courant?

- N'explique pas, impose toi. C'est ton pouvoir, ils n'ont pas le droit d'interférer.

- On voit que tu ne connais pas ma famille.

- Je devrais peut-être aller me présenter dans ce cas.

- Je vais faire comme si je n'avais rien entendu."

Shana marmonna qu'il était idiot, puis elle s'habilla avant de commander à manger. Elle s'installa ensuite dans le canapé tandis que le Démon finissait de se préparer. Il se plaça ensuite devant la fenêtre et regarda à l'extérieur. Le monde des humains le fascinait. Il était devenu si différent de ce qu'il était à sa création. Que ce soit un mal ou un bien, ce n'était pas à lui d'en décider. Les humains évoluaient comme ils le souhaitaient, même s'il ne pouvait nier le fait qu'au cours des derniers siècles, de plus en plus d'âmes avaient fini dans son royaume. Il était facile d'en tirer des conclusions.

Lucifer ne revint à la réalité que lorsque quelqu'un frappa à la porte. Shana alla récupérer sa commande puis s'installa à table.

- *"Tu veux manger quelque chose? Enfin, si tu peux manger de la nourriture humaine... Tu m'as dit qu'il n'y avait rien pour nous en Enfer…*
- *Oui, je le peux, mais je n'ai pas faim pour le moment. Je me suis nourri avant de venir.*
- *Tu as... mangé une âme?*
- *Je ne pense pas que tu aies vraiment envie qu'on aborde ce sujet.*
- *... C'est vrai.... C'était juste de la curiosité mal placée."*

La grande brune grimaça avant de commencer à manger avec appétit. Elle sentait le regard de Lucifer peser sur elle, mais elle fit de son mieux pour l'ignorer. Elle finit de manger tranquillement, avant d'enfin porter son attention sur l'homme, qui la toisait toujours.

- "Qu'est-ce qu'il y a?
- Rien. Je me disais juste que je commençais à comprendre certaines choses.
- À propos de quoi?
- De ton essence.
- Mon essence?...
- C'est... comment dire... ce que tu es au plus profond de toi, indépendamment de ta volonté.
- Okay... et donc? Tu as compris quoi?
- Je ne peux pas te le dire.
- Pourquoi?
- Parce qu'un humain qui connaît son essence même... comment l'expliquer?... Ça devient comme une sorte de malédiction.
- Sympathique. Pourquoi tu cherches à comprendre mon essence alors?
- Justement parce qu'il y a des choses que je ne comprends pas, alors que pour la plupart des humains, un coup d'œil me suffit.
- C'est de ça dont tu parlais quand tu disais que j'étais intéressante alors?
- Pas seulement, mais ça en fait partie.
- Et c'est une bonne chose?

57

- Question de point de vue, je suppose.

- Hmm..."

Shana était sceptique, mais étant donné qu'elle avait bien compris que le Démon n'avait pas l'intention de lui donner plus de détails, elle n'insista pas. Ils restèrent encore un petit moment ensemble, puis Lucifer s'en alla. La grande brune alla donc se coucher. Elle avait besoin de se reposer pour être en forme quand elle irait se confronter à sa famille. Elle n'était pas sûre d'être prête à apprendre la vérité. Pourquoi lui avait-on apposé un sceau? Pourquoi voulaient-ils brider ses pouvoirs? Est-ce que Lucifer avait raison? Est-ce qu'ils avaient peur de son potentiel? Peur d'elle? Shana fit de son mieux pour arrêter de penser à tout cela. De toute façon, si tout se passait bien, elle aurait des réponses le lendemain, alors ça ne servait à rien de se torturer l'esprit avant.

CHAPITRE SIX

Shana se réveilla tôt le lendemain, mais elle avait réussi à bien dormir malgré tout. Elle demanda un petit-déjeuner à la réception, puis elle s'habilla. Elle se sentait en forme, prête à tout affronter. Une fois repue, la grande brune prit donc la route de la maison familiale. Elle sentit la nervosité monter en elle mais elle tâcha de ne pas y penser. Une fois dans la maison, Shana alla directement voir sa mère dans sa chambre. Cette dernière semblait sincèrement heureuse de voir sa fille.

- *"Je pensais que tu ne reviendrais jamais…*
- *Je ne suis que de passage, maman. Il faut qu'on parle.*
- *A-ah oui? Et de quoi veux-tu qu'on parle, ma chérie?*
- *Du fait que vous m'avez mis un sceau magique."*

Shana put alors voir diverses émotions défiler sur le visage de sa mère. De la surprise, de la peur, un peu de soulagement, de la tristesse, une once de colère. Mais la grande brune ne comptait pas se laisser décontenancer pour autant.

- *"J'avais l'infime espoir que tu ne sois pas au courant, mais vu la tête que tu fais, il n'y a pas de doute possible.*
- *Shana, ce... ce n'est pas ce que tu crois... Et comment est-ce que tu l'as découvert en plus?*
- *On s'en fout de ça, l'important c'est que j'ai un sceau en moi, et je veux savoir pourquoi. Et surtout, je veux qu'on me le*

retire.

- Je peux te l'expliquer... mais je ne peux pas te l'enlever...

- Et pourquoi ça?

- Parce que c'est ton père qui l'a mis, et il n'y a que lui qui puisse le retirer...

- Et pourquoi il a fait ça? Et quand? Il est parti quand j'avais même pas cinq ans!

- Eh bien... c'est... c'est l'une des raisons pour lesquelles il est parti à vrai dire.

- Qu'est-ce que tu racontes? Il est parti parce que le Conseil l'a envoyé en mission et qu'il a rencontré une nana là-bas!

- Ce n'est que la moitié de la vérité, ma chérie.

- Alors raconte moi le reste!

- Tu... es sûre de pouvoir encaisser tout ça d'un coup?

- J'ai pas vraiment le choix. Donc arrête de t'inquiéter pour moi et de tourner autour du pot. Je ne compte pas m'éterniser ici.

- D'accord, d'accord, j'ai compris. Ça ne sert à rien de t'énerver, je vais tout te raconter.

- C'est pas trop tôt.

- Je vais juste te demander de ne pas m'interrompre jusqu'à ce que j'ai fini, sinon je ne vais pas y arriver...

- Je vais faire de mon mieux.

- Merci. Alors... pour commencer... ton père n'est pas vraiment ton père... À l'époque nous n'habitions pas avec tout le monde. On s'était pris un appartement pour élever Kal tranquillement. Mais il y a eu un incident, ou plutôt, nous avons été attaqués par un clan de mages guerriers. Kal et moi

60

avons été retenus prisonniers pendant des mois avant que ton père ne réussisse à nous secourir. Ils n'ont rien fait à ton frère mais moi, ils voulaient me tuer, pour affaiblir ton père. Alors, je... j'ai fait ce que j'avais à faire pour survivre. J'ai séduit leur chef de clan, même si ça me rebutait. Peu de temps après notre libération, on a découvert que j'étais enceinte. Au début, ton père voulait que j'avorte, mais je ne voulais pas, et il a fini par céder. Il a vraiment fait de son mieux pour t'aimer et te considérer comme sa propre fille, tu sais? Et puis, il y a eu un autre incident. Tu avais à peine quatre ans à l'époque, et tes pouvoirs ont commencé à apparaître. Tu parlais à peine alors tu imagines bien que tu ne contrôlais rien. Et puis on ne savait pas comment réagir, normalement les pouvoirs n'apparaissent jamais avant douze ans. J'ai fait des recherches mais je n'ai trouvé aucun cas similaire au tien. Et quand tu as commencé à te blesser, et à nous blesser aussi, sans le faire exprès, on a pris la décision de sceller tes pouvoirs. Ton père s'en est donc chargé. Mais il était persuadé que quelque chose clochait toujours, alors il a demandé au Conseil de l'envoyer à des endroits où il pourrait trouver des réponses, en vain. Et oui, au final il a rencontré quelqu'un d'autre et n'est pas revenu, jusqu'à tes douze ans. Il avait scellé tes pouvoirs et pourtant, tu en as développé d'autres à l'âge normal. On a estimé que tes pouvoirs étaient déjà énormes pour un si petit corps alors on a préféré te laisser le sceau, pour te protéger. Voilà, tu sais tout à présent..."

61

Il fallut plusieurs minutes pour que Shana puisse assimiler toutes les informations qu'elle venait de se prendre en pleine figure. Elle ne s'était pas du tout attendue à ça. Il allait lui falloir du temps pour tout digérer. Elle se massa les tempes puis prit une profonde inspiration.

- *"Okay... donc... mon père n'est pas mon père. Mais c'est un chef de clan qui a abusé de toi... J'ai développé des pouvoirs à un âge anormal, et en plus ils étaient différents de ceux que j'ai aujourd'hui... Et vous n'avez pas voulu retirer mon sceau à l'époque pour me protéger... Mais vous pourriez le faire aujourd'hui, je ne suis plus une enfant.*
- *Il en est hors de question."*

Shana se tourna lentement vers l'homme qui avait prononcé ces mots, avant de reculer instinctivement en reconnaissant son père adoptif.

- *"Q-qu'est-ce que tu fais déjà là?*
- *Je n'étais pas très loin quand ta mère a appelé. Et moi aussi je suis content de te voir.*
- *Oui, oui, trêve de bavardages. Pourquoi tu ne veux pas me retirer le sceau?*
- *Parce que tu es trop faible pour te contenir.*
- *Pardon?! On dirait plutôt que tu as peur que je te surpasse, oui!*
- *Tsk, comme si une telle chose pouvait arriver.*

- Je ne suis déjà pas loin de ton niveau avec mes pouvoirs actuels.

- Tu te surestimes, comme ton géniteur.

- Et toi, tu me sous-estimes."

Shana et son père se toisaient, autant en colère l'un que l'autre. L'air se chargea d'électricité. La mère de la grande brune tacha de les raisonner, sachant pertinemment qu'un combat entre deux mages aussi puissants finirait forcément mal, mais tout ce qu'elle y gagna, ce fut de se faire éjecter de la chambre par une force invisible.

Une fois qu'ils eurent le champ libre, le père et sa fille débutèrent leur duel magique. La maison tremblait, les murs craquaient. Tout allait s'effondrer s'ils continuaient. Shana tenait tête à son père, plus qu'il ne s'y était attendu, au vu de l'air contrarié qu'il affichait.

- "Tu n'as toujours apporté que des problèmes. J'ai essayé de t'aimer, mais plus tu grandissais et plus tu ressemblais à cet enfoiré. Même tes premiers pouvoirs étaient les mêmes que les siens. Répugnants. Je n'ai pas pu le tuer, mais toi, je peux te faire disparaître."

Suite à ces mots, l'homme commença à entonner une incantation. Shana ne comprit pas tout de suite de quoi il s'agissait, et quand ce fut le cas, elle se sentit pâlir à vue d'œil.

63

L'incantation qu'il était en train de prononcer était formellement interdite. Il allait être exécuté par le Conseil s'ils apprenaient ce qu'il avait fait. Mais dans tous les cas, Shana se serait plus là pour le voir. Car il s'agissait d'un sortilège de mort, qu'il était impossible de contrer. Elle allait mourir, et dans d'horribles souffrances si elle en croyait les légendes. Elle plaça par réflexe ses bras devant son visage pour vainement tenter de se protéger, tandis qu'elle fermait les yeux pour ne pas voir l'onde de choc arriver.

Après quelques secondes, Shana réalisa que rien ne se passait. Et surtout, elle entendit son père lâcher un grognement guttural douloureux. Elle rouvrit alors lentement les yeux, avant de les écarquiller en découvrant son père plaqué contre le mur, ses pieds à une vingtaine de centimètres au-dessus du sol tandis qu'une main recouverte de flammes noires était serrée autour de son cou. Et la grande brune ne connaissait que trop bien celui qui venait de la sauver.

- *"L-Lucifer? Mais... qu'est-ce que tu fais là?*
- *Tu ne devrais pas être surprise de me voir. J'ai pourtant été très clair sur le fait que je ne laisserais personne te faire de mal.*
- *C'est vrai... mais maintenant lâche-le, tu vas le tuer.*
- *C'est justement le but.*
- *Mais j'ai besoin de lui pour retirer mon sceau magique!*
- *Non, je peux le faire moi-même.*

64

- Alors pourquoi tu ne me l'as pas dit plus tôt? On aurait pu éviter tout ça!
- Mais tu n'aurais jamais su la vérité. Alors que veux-tu que je fasse?"

Shana hésita. Elle allait cependant donner la permission au Démon de faire ce qu'il voulait quand elle croisa le regard terrifié de sa mère. La grande brune sentit son coeur se serrer. Elle connaissait enfin la vérité sur son existence, mais à quel prix? Jamais elle ne pourrait revenir. À présent, ils allaient penser qu'elle avait pactisé avec le Diable. Elle allait devenir une ennemie. Shana poussa finalement un soupir à fendre l'âme.

- "Laisse le. Allons nous en.
- Tu l'épargnes alors qu'il s'apprêtait à te tuer?
- Si je te donne la permission de le tuer, je ne vaudrais pas mieux que lui. Et il est hors de question que je tombe aussi bas…
- Comme tu voudras."

Lucifer ne semblait pas d'accord avec son choix, mais il n'ajouta rien. Il asséna cependant un coup de poing au père de la jeune femme, lui faisant perdre connaissance. Il vint ensuite auprès de Shana et passa un bras autour de sa taille avant de la téléporter jusqu'en Enfer.

CHAPITRE SEPT

Shana s'assit au bord du lit du Démon et prit sa tête entre ses mains. C'était trop pour elle. Sans même qu'elle s'en rende compte, des larmes amères commencèrent à dévaler ses joues. Elle n'avait jamais été du genre à pleurer, même quand elle était enfant, mais elle avait besoin d'évacuer. Lucifer hésita avant de finalement la rejoindre sur le lit et de la prendre dans ses bras. Il tacha d'être doux pour la calmer, même si lui ne décolérait pas. Quelqu'un avait voulu tuer sa protégée, et il avait dû l'épargner. Ça ne lui plaisait pas du tout. D'autant plus qu'il était persuadé que les choses n'allaient pas en rester là. Malgré tout, il ne pouvait s'empêcher d'être égoïstement heureux. Shana n'avait nulle part où aller, par conséquent elle allait devoir rester à ses côtés. D'autant plus qu'il était le seul à présent à pouvoir retirer son sceau magique et à être en mesure de lui apprendre à contrôler ses nouveaux pouvoirs, quels qu'ils soient.

Après une bonne heure, Shana finit par s'endormir, épuisée par ses pleurs et toute la magie qu'elle avait utilisé pour se battre contre son père. Le Démon la coucha alors, puis il sortit de la chambre silencieusement. Il convoqua ensuite l'un de ses démons espions. Ce n'était pas le plus puissant, mais c'était le meilleur pour passer inaperçu et récolter des informations précieuses. Lucifer le chargea de surveiller la famille de sa protégée, et plus particulièrement de son père adoptif. Il se rendit ensuite auprès des démons supérieurs, qui lui firent leur rapport dans les domaines qui les concernaient. Lucifer s'attarda davantage avec celui qu'il avait chargé de mettre fin à la rébellion. Les démons inférieurs allaient moins sur Terre, ce qui était une bonne chose, mais ils ne savaient toujours pas quel était leur objectif, et encore moins qui était le traître qui les dirigeait. Le Démon passa sa main dans ses cheveux. Lui qui avait l'habitude de s'ennuyer, voilà qu'à présent il devait faire face à trop d'agitation à son goût. Il s'étira de tout son long avant de retourner dans la chambre. Il s'arrêta cependant sur le pas de la porte en se rendant compte que Shana n'était pas là. Il s'était attendu à ce qu'elle soit encore en train de dormir. La grande brune n'était pas non plus dans la salle de bain, ce qui signifiait que, malgré ses recommandations, elle était sortie de la chambre. Il faut croire que le fait d'avoir manqué de peu de se faire dévorer ne lui avait pas servi de leçon. Lucifer grogna d'ailleurs à cette pensée. Difficile de protéger quelqu'un qui n'en faisait qu'à sa tête. Il ressortit donc de la chambre et arpenta les couloirs. Il interrogeait tous les démons qu'il croisait, mais personne ne semblait avoir vu la jeune femme. Ce n'est finalement que vingt minutes plus tard qu'il apprit qu'elle avait été aperçue vers le sud de la résidence du Maître. Lucifer fronça alors les sourcils, encore plus inquiet. La seule chose qui se trouvait au sud était l'immense cage qui renfermait Cerbère, son énorme chien à trois têtes. Le Démon déglutit difficilement avant de presser le pas. Quand il arriva sur place, il fut soulagé de voir que tout semblait calme. En tout cas, il n'y avait pas de mare de sang comme il l'avait craint. Cerbère était paisiblement allongé au fond de sa cage. Lucifer l'appela, passant la main dans la cage pour que le chien vienne se faire caresser, mais ce dernier ne bougea pas d'un poil. Il grogna même tout bas avant de se mettre un peu plus en boule, comme s'il protégeait quelque chose. Lucifer fronça les sourcils et il fit le tour de la cage pour mieux voir. Il se figea sur place en voyant Shana, calée entre les pattes du chien démoniaque. Son souffle se coupa avant qu'il ne remarque que la grande brune était en vie. Elle dormait, la joue posée contre l'abdomen chaud de Cerbère.

- *"Non mais dites moi que c'est une blague..."*

Lucifer secoua la tête, puis il rentra prudemment dans la cage. Même si Cerbère était son chien depuis des siècles, il n'en restait pas moins un animal démoniaque extrêmement puissant et imprévisible. Le Démon fut d'ailleurs contraint de s'arrêter à quelques mètres quand la bête grogna de façon plus menaçante.

- *"Okay mon grand, je ne vais plus approcher. Mais tu sais, je ne compte pas lui faire de mal. C'est moi qui l'ai amenée ici."*

Malgré tout, Cerbère n'arrêta pas de montrer les crocs. Lucifer dut donc prendre son mal en patience. Après un moment, il soupira de soulagement quand il vit que Shana commençait à bouger, se réveillant lentement.

- *"C'est pas trop tôt."*

La jeune femme s'étira de tout son long en baillant. Elle se redressa ensuite avant de rire quand Cerbère lui lécha le visage de l'une de ses grosses langues râpeuses et humides.

- *"Hey, doucement! J'ai déjà pris une douche ce matin!"*

La grande brune lui gratouilla le cou en souriant avant de tourner la tête quand Lucifer attira son attention en se raclant la gorge.

- *"Oh, salut!*
- *Je peux savoir ce que tu fais?*
- *Bah... je caresse un chien?...*
- *Tu te fous de moi? T'as conscience que c'est le gardien des Enfers?*
- *Je m'en suis doutée en voyant sa taille... et ses trois têtes…*
- *Et t'es quand même entrée dans la cage. Tu es inconsciente? Ou bien suicidaire? Il aurait pu te manger en une bouchée!*
- *Mais non! Regarde comme il est adorable!*

- Qu'est-ce que je vais faire toi?... Et puis, je croyais qu'on s'était mis d'accord pour que tu ne sortes pas de la chambre sans moi.

- Je sais, et je comptais m'y tenir! Mais j'ai été réveillée par des aboiements, et j'adore les chiens alors j'ai pas pu m'empêcher de venir voir! Et puis au final, j'étais en sécurité, même toi tu ne peux pas approcher!
- Je vais faire comme si je n'avais pas entendu cette remarque. Viens maintenant, retournons dans la chambre.
- Mais..."

La grande brune fit la moue et caressa une dernière fois le chien des Enfers avant de suivre Lucifer hors de la cage. Il semblait être encore un peu en colère. Et surtout, il avait du mal à comprendre ce qui se passait. Il eut la pensée que Shana avait réussi à apprivoiser Cerbère aussi vite qu'elle ne l'avait fait avec lui. Cette pensée le fit d'ailleurs grimacer. Il avait l'impression de s'affaiblir, et il détestait cela. Il tourna finalement la tête vers la jeune femme quand elle lui prit instinctivement la main alors qu'ils arrivaient dans un endroit où il y avait beaucoup de démons. Lucifer la sentit tressaillir et il secoua la tête. Elle avait plus peur des démons inférieurs que de son chien. Son instinct de survie était totalement détraqué. Remarque, elle avait vite arrêté d'avoir peur de lui aussi. L'homme serra un peu plus sa main pour la rassurer, et après quelques minutes, ils étaient de nouveau dans le cocon douillet de sa chambre.

- *"J'hésite encore à te punir pour m'avoir désobéi.*
- *Je n'ai pas l'obligation de t'obéir…*
- *Tu es ici chez moi, dans mon Royaume. Chaque être qui s'y trouve me doit respect et obéissance. Mais si c'est trop pour toi, je peux toujours te ramener sur Terre."*

Shana lui adressa un regard blessé quand il lui rappela qu'elle n'avait plus sa place là-bas, qu'elle y serait traquée. Elle s'assit au bord du lit et croisa les bras.

- *"Bah vas-y, punis-moi alors. Tu ne me fais pas peur."*

Lucifer afficha alors un sourire en coin. Il s'approcha de la grande brune et, dans un mouvement trop rapide pour qu'elle ait le temps de réagir, il la plaqua sur le matelas et lui attacha les poignets à la tête de lit. Il lut la peur dans ses yeux quelques secondes avant qu'elle ne se reprenne et fronce les sourcils.

- *"J'aurai dû me douter que ta punition aurait forcément un rapport avec le sexe.*
- *C'est toi qui l'a dit. Moi je n'ai fait que t'attacher. J'aurais simplement pu te laisser comme ça."*

71

Shana cligna des yeux avant de rougir, ce qui le fit rire. Il se rapprocha ensuite et mordilla la peau tendre de son cou avant de murmurer que ses marques avaient presque toutes disparues et qu'il allait se faire un plaisir de lui en faire de nouvelles. Sans perdre de temps, il remonta le t-shirt de la jeune femme afin d'exposer son ventre et sa poitrine. Il retira son soutien-gorge avant de parsemer sa peau de baisers et de légères morsures. Shana soupira d'aise et ferma les yeux, même si elle était déjà un peu frustrée de ne pas pouvoir faire courir ses doigts dans les cheveux de son amant. Elle avait pensé qu'avoir les mains attachées n'était pas grand-chose, mais elle réalisait que ne pas pouvoir toucher la peau chaude et attirante de Lucifer était en effet une véritable punition. D'autant plus que l'homme semblait prendre un malin plaisir à la torturer en prenant tout son temps. Il s'attardait plus que nécessaire sur chaque parcelle de peau qui passait sous sa bouche avide. Comme la première fois, Shana avait l'impression qu'il laissait des langues de feu sur son passage. Elle laissait échapper de plus en plus de doux gémissements, mais l'impatience la gagnait.

- *"Plus vite…*
- *Je te rappelle que tu es punie, alors je ne veux pas t'entendre. Sauf si tu veux que je te bâillonne en plus.*
- *Mais... Lucifer…*
- *Je crois t'avoir dit de te taire."*

La grande brune fit la moue et se mordit la lèvre inférieure. Elle allait devoir prendre son mal en patience, même si ce n'était pas dans sa nature. Elle referma les yeux et tâcha de se concentrer sur les gestes du Démon, et de les savourer, plutôt que d'anticiper désespérément la suite. À son grand damne, Lucifer garda le même rythme, très lent, tout le long de sa descente jusqu'à son entrejambe. La jeune femme avait l'impression de brûler de l'intérieur, comme si le désir la consumait. Elle eut l'espoir qu'il allait enfin s'occuper de son sexe, humide et affamé, mais il recula.

- *"Lucifer..."*

Le regard sévère qu'il lui lança la fit déglutir. Elle se tut à nouveau et retrouva le sourire quand l'homme se déshabilla. Elle se délecta de son corps parfait, de ses muscles magnifiquement sculptés. Puis son regard tomba immanquablement sur l'érection du Démon. Shana tira inconsciemment sur ses liens, avant de lâcher une petite plainte quand ils se resserrèrent sensiblement autour de ses poignets.

- *"Ne bouge pas, tu vas te faire mal."*

Il attrapa sa hanche et la mit un peu plus sur le côté avant de lui asséner une fessée.

- "Hey!
- *Shana. Je t'ai déjà prévenu deux fois. Ne me force pas à me répéter.*
- *C'est pas une raison pour faire tout ce qui te passe par la tête sans me demander mon avis.*
- *Parce que ça t'a déplu? Tu ne t'es pas plaint la dernière fois.*
- *Je sais, mais... La dernière fois c'était pendant l'acte, là c'est différent...*
- *J'en prends note.* "

Il lui adressa un sourire véritablement rassurant, avant de déposer un baiser sur son front. Il lui écarta ensuite les jambes et s'installa au-dessus d'elle.

- "*Je t'ai suffisamment torturée pour aujourd'hui. Mais tu vas rester attachée jusqu'à la fin. Et je ne veux pas t'entendre, sauf si c'est pour gémir mon nom, c'est bien compris?* "

La grande brune acquiesça lentement tandis que ses joues viraient au rouge. Elle releva ses hanches pour venir à la rencontre de celles du Démon tandis qu'il entrait en elle. La torture était bel et bien finie, il ne prenait plus son temps. Il l'embrassa langoureusement tandis que ses coups de reins étaient rapides et brutaux. Il ne fallut pas longtemps pour que la chambre soit emplie de gémissements et de grognements. Des plaintes passaient aussi parfois la frontière des lèvres de Shana quand elle s'arquait de trop et tirait sur ses liens. Mais

Lucifer était sans pitié. Il n'avait pas menti, elle allait de nouveau être couverte de marques colorées. Mais elle s'en fichait. Elle se perdait tellement dans le plaisir que plus rien n'avait d'importance. Tout disparaissait autour d'eux, il ne restait plus que leurs deux corps luisants et brûlants qui bougeaient à un rythme effréné. Shana tremblait de la tête aux pieds, son souffle était court, haché. Ses yeux étaient ancrés dans ceux du grand brun, deux puits sans fond. Elle avait l'impression d'y faire une chute sans fin. C'est alors qu'elle se rendit compte qu'elle était en train de perdre pied. Il en avait encore fait plus que son corps d'humaine ne pouvait le supporter. La jeune femme se fit violence pour rester ancrée dans la réalité. Il avait dû sentir qu'elle avait atteint sa limite, car il se décida enfin à la détacher. Shana s'empressa alors d'entourer ses bras autour du cou du grand brun. Elle le serra fort contre elle, les muscles tremblants. Elle fut presque soulagée quand ils atteignirent un énième orgasme et que Lucifer semblait prêt à s'en satisfaire. Il ralentit progressivement le rythme avant d'échanger leurs positions afin que Shana soit allongée sur lui. Après plusieurs minutes, son corps se calma enfin. Elle se blottit un peu plus contre le torse chaud de son amant et cala son visage dans le creux de son cou.

- *"Je n'avais pas fait attention à ton odeur…*
- *Hmm?*
- *Tu sens bon…*

- Merci... Repose toi maintenant…

- Toi aussi…

- Tu sais que je n'en ai pas particulièrement besoin.

- Reste quand même avec moi. Si je me réveille et que tu as encore disparu, je fugue à nouveau, je te préviens.

- Si tu fais ça, tu auras encore une fessée, alors que tes fesses sont déjà bien rouges.

- Crétin..."

La grande brune bougonna et mordit légèrement le cou de l'homme avant de s'installer confortablement pour dormir.

CHAPITRE HUIT

Quand elle se réveilla, elle s'étira de tout son long avant de sourire en se rendant compte que Lucifer était toujours là. Combien de temps avait-elle dormi cette fois-ci? Dix heures? Deux jours? Elle n'en avait aucune idée, et elle s'en fichait. Elle avait du mal à se faire à l'idée que le temps passait différemment ici. Elle se tourna un peu et caressa la joue du grand brun. Mais quand leurs regards se croisèrent, elle fronça les sourcils.

- "Il n'a quand même pas osé faire ça.
- Techniquement, il a tenu sa promesse, tu ne t'es pas réveillée seule.

77

- Mais c'est pas une raison pour faire un putain de clone!

- Comment est-ce que tu l'as su d'ailleurs?

- Vos yeux n'ont pas exactement la même couleur, mais là n'est pas la question!

- Tu es vraiment très observatrice... Mais il avait beaucoup de travail alors il a fait de son mieux pour te faire plaisir malgré tout. Et puis, au final, je suis lui.

- Si tu le dis.

- Tu veux que je te le prouve?"

Sans même lui laisser le temps de répondre, il l'attira à lui et scella leurs lèvres. Oui, les sensations étaient exactement les mêmes, mais le fait de savoir qu'il n'était pas l'original la bloquait malgré tout. Après seulement quelques secondes, Shana repoussa donc l'homme, ce qui le fit grogner.

- "Désolée, mais j'y arrive pas. Quand est-ce qu'il va revenir?

- Pas avant plusieurs heures.

- Je vais l'attendre alors... Tu peux y aller.

- Je ne peux pas te laisser seule, tu vas encore aller te balader n'importe où.

- Et si je promets de rester bien sagement ici?

- Je ne peux quand même pas. Tu vas le mettre en colère s'il sent que tu m'as forcé à m'éloigner de toi.

- C'est même plus être protecteur à ce rythme là... C'est être carrément étouffant.

78

- Il n'a jamais nié être comme ça.

- Je sais..."

Shana soupira longuement et malgré ses réticences, elle n'eut pas d'autre choix que d'accepter l'aide du clone pour aller aux toilettes et prendre une douche. Elle enfila ensuite un t-shirt et un boxer de Lucifer. Même si elle avait vraiment voulu aller se balader, elle n'aurait pas pu. Elle avait mal partout. Elle se rallongea donc et marmonna quand le clone l'enlaça.

- "Il va être content de savoir à quel point tu refuses qu'un autre homme que lui te touche.

- Je me passerais de tes commentaires.

- Tu dois pourtant prendre conscience que cela peut t'attirer des problèmes.

- De quoi est-ce que tu parles?

- Du fait que depuis qu'il t'a emmené ici pour la première fois, il n'a pas été voir ses concubines une seule fois.

- Je suis censée être flattée?

- Je te conseillerais surtout de rester sur tes gardes. La jalousie des démones peut être
terrible.

- Je ne lui interdis pas d'y aller, donc c'est à lui de calmer les ardeurs de ses chiennes en chaleur.

- Donc tu dis que tu t'en fiches s'il va leur rendre visite?

- Pourquoi est-ce que je devrais en avoir quelque chose à

faire? On n'est pas mariés à ce que je sache.
- Je vois."

La grande brune fronça les sourcils face à l'air amusé du clone. Elle se mit sur le côté, dos à lui, pour lui faire comprendre que la conversation était terminée, puis elle partit dans ses pensées, tâchant de mettre de l'ordre dans ses idées. Qu'allait-elle faire à présent? Quel avenir lui restait-il? Allait-elle vraiment devoir rester ici pour toujours, prisonnière de cette chambre? N'y avait-il donc aucun moyen pour qu'elle puisse reprendre sa vie sur Terre? Et que comptait faire son père? Avait-il l'intention de la traquer pour la tuer? Et d'ailleurs, qui était son vrai père? Tout ce qu'elle savait c'était qu'il s'agissait d'un chef de clan guerrier, mais il y en avait des dizaines dans le pays. Lequel était le bon? Avait-elle vraiment envie de le savoir d'ailleurs? Et puis, est-ce que Kal était au courant de ça? Est-ce qu'il se rappelait avoir été kidnappé? Est-ce qu'il se souvenait de l'apparition des pouvoirs de sa sœur? Shana se massa les tempes. Trop de questions sans réponses se bousculaient dans sa tête.

Elle soupira longuement avant de sursauter quand un bruit sec retentit derrière elle. Elle tourna la tête et vit que le clone avait disparu. Quelques secondes plus tard, le véritable Lucifer pénétra dans la chambre. Shana le regarda d'un air boudeur avant de se recoucher.

- "Moi qui pensait être facile à contrarier, je vois que je ne suis pas le seul.

- Hmm…

- Je ne peux pas passer mon temps avec toi, j'ai des responsabilités. Et comme tu l'as si bien dit à mon clone, nous ne sommes pas mariés. Alors je ne vois pas où est le problème.

- Le problème c'est que j'ai l'impression d'être en prison. Je ne peux pas sortir quand tu n'es pas là, et même quand tu es là, je dois te demander la permission pour tout.

- Alors je devrais te laisser te balader au risque que tu te fasses tuer, c'est ça?

- Non, j'en sais rien moi, t'as qu'à faire en sorte de dire à tes démons de ne pas m'approcher!

- La seule façon de faire ça est que je te mette mon sceau, mais je doute que tu apprécies.

- Pourquoi?

- Parce qu'il te rendras certes intouchable, mais il te désignera comme l'une de mes concubines.

- Même pas en rêve!

- Donc il n'y a pas d'autre solution à notre problème. En ce qui concerne le fait de sortir, on le fera bientôt. Je te retirerais ton sceau magique, et ensuite l'un de mes démons supérieurs t'apprendra à contrôler tes pouvoirs.

- D'accord…

- Bien. Est-ce que tu as autre chose à me reprocher, pendant qu'on y est?

- Oui... Tu as oublié que je devais manger...

- ... Merde. Je vais envoyer quelqu'un te chercher ça. "

Lucifer ouvrit la porte et interpella un démon qui passait par là avant de lui donner ses directives, puis il revint s'asseoir à côté de la grande brune.

- "C'est tout?

- Hmm... Mais on dirait que tu es en colère, et pas seulement à cause de moi.

- J'ai appris des nouvelles qui ne me réjouissent pas, mais ça ne te concerne en rien.

- D'accord... "

Shana se redressa pour enfin véritablement regarder le Démon. Il était tendu et semblait se retenir de frapper dans un mur. Elle hésita un peu avant de passer ses doigts dans les cheveux de l'homme.

- "Je... Je suis désolée de te rajouter des soucis alors que tu en as déjà assez comme ça. Peut-être que... peut-être que tu devrais me ramener sur Terre. Je me débrouillerais pour régler mes propres problèmes... et si ça se termine mal, eh bien... tant pis...

- Pardon?! "

Shana déglutit difficilement quand elle se rendit compte que les yeux de l'homme avaient virés au rouge et que ses mains commençaient à se recouvrir de flammes noires.

- *"O-Okay... Oublie ce que je viens de dire!*
- *Trop tard."*

L'homme se leva lentement, les muscles bandés. Il luttait clairement pour ne pas déchaîner sa colère ici. C'était la goutte de trop qui avait fait déborder le vase.

- *"Lucifer... je... je suis désolée…*
- *Reste ici. Je reviens.*
- *Tu vas où?*
- *Me défouler."*

La grande brune ne protesta pas davantage. La vérité c'est qu'à ce moment précis, il la terrifiait. C'est comme si elle venait seulement de réaliser qu'il était le Diable en personne. Elle ne pouvait nier que pour elle, il était Lucifer, tout simplement. Avoir fait sa connaissance était à la fois une bénédiction et une malédiction. Elle le regarda donc quitter la pièce avant de s'effondrer, laissant la peur la parcourir. Elle qui se croyait forte, elle n'arrêtait pas de craquer ces derniers temps. Elle était peut-être un mage puissant sur Terre, mais ici, elle ne valait rien. Elle n'était qu'une petite humaine sans défense.

Lucifer ne revint finalement que le lendemain. Un démon était venu apporter à manger à Shana, ainsi que des feuilles et des crayons pour qu'elle puisse s'occuper un minimum, sinon elle allait devenir folle. Elle fit d'ailleurs plusieurs dessins: un portrait de son frère, un de sa mère, et un de Lucifer, sur lequel elle s'attarda davantage. C'était son visage qu'elle voyait le plus ces derniers temps, donc cela lui facilitait la tâche. Shana releva d'ailleurs la tête de sa feuille quand Lucifer commenta qu'il trouvait son portrait "plutôt pas mal". La jeune femme était tellement concentrée qu'elle ne l'avait pas entendu entrer.

- *"Ah... tu es de retour...*
- *Oui. Tu n'as pas dormi?*
- *Non, je n'avais pas sommeil... Tu as l'air plus calme.*
- *Je t'ai bien dit que j'allais me défouler.*
- *C'est vrai... Qu'est-ce que tu as fait du coup?*
- *Ça n'a pas d'importance."*

Shana pencha la tête, lui adressant un regard interrogateur, puis elle remarqua des traces de rouge à lèvres sur le col de sa chemise, ainsi que des morsures et des griffures sur son cou et ses avant-bras. Elle sentit son coeur se serrer douloureusement, mais elle ne fit aucun commentaire. Elle n'en avait pas le droit, encore moins après avoir déclaré au clone qu'elle s'en ficherait si le Démon allait voir ses concubines. Et puis, elle se surprenait elle-même. Elle ne s'était pas attendue à ce que cela la fasse souffrir à ce point. Elle sentit les larmes lui monter aux yeux aussi baissa-t-elle la tête avant de faire mine de continuer son dessin tandis que Lucifer allait prendre une douche. Lorsqu'il fut propre et changé, il s'assit face à elle.

- *"Change toi. On va aller te retirer ton sceau.*
- *J'ai... rien à me mettre…*
- *Sers toi dans mon armoire, tu trouveras bien quelque chose.*
- *D'accord..."*

Shana avait l'impression de ne plus avoir d'énergie. Son cœur était lourd. Elle se dirigea lentement vers l'armoire et prit un t-shirt et un pantalon. Elle mit une ceinture et fit un ourlet d'une dizaine de centimètres avant d'enfiler ses baskets. Elle avait l'impression d'être une enfant qui avait emprunté les vêtements de son père. Elle se sentait ridicule. Mais c'était ça ou accepter qu'il lui prête les habits de ses concubines, et il en était hors de question. Elle attacha ensuite ses cheveux avant de prendre une profonde inspiration pour se donner le courage de faire face à l'homme.

- *"Je suis prête…*
- *Bien, allons-y alors."*

Il lui fit signe de la suivre tandis qu'il sortait de la chambre. Elle le suivit dans le dédale de couloirs. Elle eut envie de lui prendre la main pour se rassurer quand ils passèrent à côté d'un groupe de démons mais elle n'osa pas. Elle se tassa sur elle-même et pressa le pas pour rester près du grand brun. Elle n'aurait su dire quel genre de relation ils entretenaient, mais si tout était brisé et que les choses devaient rester comme ça, elle préférerait encore qu'il la ramène vraiment sur Terre.

Ils pénétrèrent finalement dans une petite pièce où il faisait une chaleur étouffante et où régnait une odeur de chair brûlée. Shana mit sa main sur son nez, retenant de justesse un haut-le-cœur. Lucifer, quant à lui, s'étira, apparemment parfaitement à l'aise.

- *"Mets toi au centre de la pièce. Au fait, je ne te l'ai pas dit, mais le processus risque d'être douloureux, mais une fois commencé, je ne pourrais pas m'arrêter, donc il va falloir que tu tiennes le coup.*
- *D'accord... De toute façon, je suis prête à tout pour ne plus l'avoir, donc fais ce que tu as à faire et ne t'inquiète pas pour moi...*
- *Je ne suis pas inquiet."*

Shana plissa le nez mais ne fit pas de commentaire. Il semblait décidé à la blesser, que ce soit intentionnel ou non. Mais elle ne voulait pas s'attarder sur cela pour le moment. Il y avait plus important que son amour-propre piétiné. Lucifer lui expliqua ensuite le processus puis il retira sa chemise. La grande brune put alors voir d'autres marques laissées par la concubine, mais une fois de plus, elle fit de son mieux pour occulter ses sentiments. Elle ferma les yeux et tâcha de se détendre tandis que Lucifer plaçait ses mains sur ses épaules. Il entama ensuite une longue incantation dans une langue que Shana ne comprenait pas, mais qui ne lui était pas inconnue pour autant. Elle avait pu voir des textes écrits dans cette langue étrange dans de très vieux grimoires. Comment Lucifer connaissait-il cette langue? La grande brune n'eut pas le loisir de se poser plus de questions car une douleur fulgurante la frappa violemment au niveau du cœur. Elle sentit les doigts du Démon se resserrer sur ses épaules pour l'empêcher de tomber tandis qu'un hurlement s'échappait de sa gorge. Les larmes dévalèrent ses joues peu de temps après alors qu'elle tremblait de la tête aux pieds. La douleur était insoutenable. Elle avait envie que ça s'arrête. Si elle avait été en mesure d'articuler le moindre mot, elle aurait supplié Lucifer de la tuer sur le champ plutôt que de subir cette douleur une seconde de plus. Mais tout ce qu'elle était capable de faire, c'était de s'époumoner tandis que Lucifer récitait inlassablement son incantation. La grande brune avait l'impression que le temps s'étirait, que sa torture durait déjà depuis des heures. Elle n'en pouvait plus. Ses forces l'abandonnaient. Elle allait s'effondrer, même si Lucifer la maintenait toujours debout d'une main ferme. Et puis, tout à coup, la douleur disparut et le Démon se tut. Il avait terminé. Shana garda les yeux fermés, le souffle court. Elle avait tellement crié que sa gorge était en feu. Ses jambes la lachèrent et elle tomba à genoux, avant de s'écrouler, incapable de bouger.

- *"Je t'ai sous-estimée. Je pensais que tu allais t'évanouir.*
- *Tais-toi..."*

Shana grimaça, sa gorge lui faisant encore plus souffrir après avoir parlé. Elle fut cependant soulagée quand Lucifer la prit dans ses bras et l'emmena jusqu'à la chambre. Il la déshabilla puis la glissa dans une baignoire remplie d'eau chaude. La grande brune soupira alors d'aise tandis que ses muscles douloureux se détendaient petit à petit. Elle rouvrit enfin les yeux et regarda Lucifer, qui s'était assis sur un tabouret.

- *"Tu ne viens pas avec moi dans l'eau?*
- *Non, j'ai pris une douche tout à l'heure.*
- *Je vois. Tu comptes agir comme ça avec moi pendant encore longtemps?*
- *De quoi est-ce que tu parles?*
- *Tu le sais très bien."*

Le Démon la regarda quelques secondes avant de détourner les yeux en haussant les épaules. Il avait de la chance que Shana n'ait pas la force de le gifler. Elle ravala une nouvelle fois sa fierté, préférant être plus en forme pour se confronter à l'homme.

La grande brune resta un peu plus longtemps dans la baignoire avant de demander à en sortir. Lucifer l'aida donc puis il la sécha et l'habilla avant de la mettre au lit.

- *"Il faut que tu te reposes. Ton entraînement commence demain.*
- *D'accord... Je suppose que tu ne seras pas là quand je me réveillerais…*
- *Probablement pas. Je te ferais apporter un petit-déjeuner et le démon supérieur qui sera ton professeur viendra te chercher.*
- *Entendu..."*

Shana se tourna sur le côté et se mit en boule sous la couverture. Elle avait l'impression que cela faisait une éternité qu'elle avait été privée de la chaleur du grand brun, pourtant ça ne faisait même pas deux jours. Et son stupide coeur qui refusait d'arrêter de la faire souffrir. Il fallait vraiment qu'elle trouve un moyen pour que leur relation redevienne comme avant. Elle soupira quand elle entendit Lucifer s'affaler dans un fauteuil. Alors il n'avait vraiment pas l'intention de la rejoindre dans le lit. Pourtant elle pouvait sentir son regard peser sur elle comme s'il la transperçait. La jeune femme ferma les yeux et tacha de faire le vide dans son esprit et de s'endormir. Elle en avait grand besoin. Elle avait fait une nuit blanche puis avait souffert le martyr après tout.

CHAPITRE NEUF

Lorsque Shana se réveilla, c'est sans grande surprise qu'elle constata qu'elle était bel et bien seule dans la chambre. Deux paquets étaient posés sur la table de chevet. Dans le premier, elle trouva un petit déjeuner consistant, qu'elle s'empressa d'engloutir; et dans le second, des vêtements terriens neufs, sur laquelle l'étiquette était encore attachée. Elle apprécia le geste. C'était bien plus pratique d'être dans des habits à sa taille. Elle se coiffa ensuite puis se regarda dans le miroir. Ses yeux semblaient avoir perdu de leur éclat, ils étaient presque ternes, éteints.

- *"Je suis vraiment idiote... Et dire que j'ai osé penser être en mesure de le prendre à son propre jeu et de le faire devenir mon jouet. Mais j'ai perdu sur toute la ligne... Maintenant je dois rester enfermée ici avec un homme qui ne me supporte plus... et qui a volé mon cœur sans même que je ne m'en rende compte. Ça m'apprendra à être arrogante..."*

Shana soupira tristement puis elle sortit de la salle de bain quand quelqu'un frappa à la porte de la chambre. Elle alla donc ouvrir, d'une main hésitante, et elle se retrouva nez-à-nez avec un homme presque aussi grand que Lucifer, aux cheveux rouges comme le sang et au regard turquoise. Il était imposant, mais pas vraiment effrayant, plutôt très solennel.

- *"Bonjour. Je m'appelle Kain. C'est moi qui suis chargé de votre entraînement.*

- E-enchantée. Je m'appelle Shana, même si vous le savez déjà probablement. Je suis prête, on peut y aller..."

L'homme acquiesça puis il l'invita à la suivre. La grande brune remarqua que les démons inférieurs saluaient Kain avec presque autant de respect qu'ils ne le faisant avec Lucifer. Pourtant leurs auras étaient très différentes. Celle du Maître des Enfers était écrasante, terrifiante même parfois. Alors que celle de l'homme aux cheveux rouges dégageait une sorte de calme et de sérénité. Shana se sentait apaisée quand elle marchait à ses côtés, si bien qu'elle en serait presque venue à oublier qu'il n'en restait pas moins un démon.

Après de longues minutes, ils entrèrent dans une immense pièce totalement vide. Tout était silencieux, seul le bruit de leurs pas se répercutait sur les murs et le plafond. Une fois au milieu de la pièce, Kain se tourna vers la grande brune.

- "Nous allons pouvoir commencer. Il faut déjà que nous établissions quelle est la nature de vos nouveaux pouvoirs. Je vais vous guider.
- D'accord..."

Shana prit une profonde inspiration. Elle était nerveuse. Elle avait l'impression d'être redevenue une petite fille de douze ans qui recevait ses pouvoirs pour la première fois.

- *"Bien. Fermez les yeux et détendez vous. Vous avez une bonne maîtrise de vos pouvoirs électriques apparemment, donc je suppose qu'on vous a appris à déceler le flux magique qui grouille dans vos cellules.*
- *En effet…*
- *Bien. Vous devriez à présent sentir deux flux distincts."*

La jeune femme se concentra, et un sourire s'afficha sur son visage quand elle sentit le flux familier de son électricité parcourir son corps entier. Il lui semblait cependant être encore plus puissant qu'auparavant. Tant de nouvelles possibilités s'offraient à elle. Mais ce n'était pas le but de l'exercice du jour, et son professeur ne manqua pas de le lui rappeler.

- *"Est-ce que vous sentez le deuxième flux?*
- *Laissez-moi encore une petite minute, je vais y arriver."*

La grande brune se força à occulter le flux qu'elle aimait tant pour se concentrer sur le second. Elle fronça alors les sourcils. Ce pouvoir lui semblait beaucoup plus sombre. Elle ne put s'empêcher de frémir en grimaçant. Pourtant elle n'arrivait pas à comprendre en quoi il consistait.

- "C'est bon, je l'ai trouvé…
- Bien. Maintenant je vais vous demander de l'amplifier au maximum et de le laisser sortir. N'essayez pas de le retenir ou de le contrôler. Laissez-le agir à sa guise.
- Q-quoi? Mais... et si je vous blessais?
- Ne vous en faites pas pour moi. Cela fait des millénaires que je suis professeur. Je ne crains rien. Concentrez vous sur votre objectif. Nous voulons juste savoir la nature et l'ampleur de ce nouveau pouvoir. Nous l'apprivoiserons plus tard.
- D'accord... Je vais faire de mon mieux."

Shana déglutit difficilement. Même si Kain l'avait rassurée, elle avait tout de même peur de lâcher prise complètement. Elle fit cependant de son mieux. Elle se concentra sur le flux plus sombre et le visualisa en train de grossir, d'envahir tout son être, puis de sortir de son corps telle une explosion. La première fois qu'elle avait fait cela avec son pouvoir électrique, elle avait d'ailleurs fait littéralement exploser la grange où elle avait l'habitude de s'entraîner avec son frère.

Shana crut tout d'abord qu'elle avait raté l'exercice, car rien ne semblait se passer. Jusqu'à ce que Kain ne se mette à hurler de douleur. Paniquée, Shana ouvrit les yeux et un cri de terreur lui échappa face au spectacle atroce qui se déroulait sous ses yeux. Le démon était tombé à genoux et des flots de sang coulaient par chacun de ses pores, par ses oreilles, ses yeux, son nez, sa bouche.

- *"Oh mon dieu... Mais qu'est-ce que j'ai fait?!"*

Shana se mit à pleurer d'effroi tandis qu'elle faisait de son mieux pour rendormir son pouvoir. Quand elle réussit enfin, elle haletait. Kain s'était effondré, baignant dans une mare de sang. Mais il respirait toujours, bien que très faiblement.

- *"Dites moi qu'il y a un médecin ici..."*

Elle courut jusqu'à l'entrée de la pièce et ouvrit la porte avant d'appeler à l'aide. Son cœur battait à tout rompre et aucun des démons présents dans le couloir ne semblait décidé à venir à son secours.

- *"Mais bougez-vous le cul, putain! Il est en train de mourir!"*

Dans sa panique, la grande brune avait invoqué son pouvoir électrique, faisant gronder ses éclairs, qui frappaient les murs et le sol. Cela poussa enfin un petit démon à réagir. Il entra dans la pièce et se précipita vers Kain.

- *"Qu'est-ce qui s'est passé?!*
- *Je... C'était un accident... M-mais il va s'en sortir, pas vrai?*
- *Je ne peux pas le garantir, mais on va faire de notre mieux.*
- *Merci..."*

Le petit démon siffla et cinq autres le rejoignirent pour l'aider à transporter le blessé. Shana voulut les suivre mais ils le lui interdirent, lui disant qu'une humaine ne ferait que les gêner, et qu'elle en avait déjà assez fait.

Shana se retrouva alors seule dans l'immense pièce. Les yeux rivés sur la grosse tache de sang, elle se laissa tomber à genoux en sanglotant. Et dire qu'il fut un temps où elle rêvait d'être aussi puissante. Maintenant elle se dégoûtait, ce pouvoir la dégoûtait. Elle aurait voulu revenir en arrière, avoir à nouveau son sceau magique. Elle voulait revenir à sa vie d'avant, aussi ennuyeuse fut-elle.

Une fois de plus, elle perdit la notion du temps, les yeux toujours rivés sur cette tâche qui commençait à brunir.

- *"Vous ne devriez pas pleurer. Je vous avais dit de ne pas vous inquiéter pour moi."*

Shana releva rapidement la tête et écarquilla les yeux en découvrant Kain, qui semblait être en pleine forme. Sans réfléchir, elle se leva et se jeta dans ses bras, ce qui eut pour effet de le faire se figer sur place.

- *"Je suis tellement désolée... J'ai eu tellement peur de vous avoir tué...*
- *Mon pouvoir est basé sur la guérison accélérée. Je ne nierais pas que vous m'avez infligé une douleur atroce, mais je vais bien à présent. Et puis vous avez réussi l'exercice avec brio. Nous connaissons à présent la nature de votre pouvoir ainsi que son étendue. Et vous avez même réussi à le rendormir. Vous pouvez être fière de vous.*
- *... Ce pouvoir est répugnant... Je ne veux plus jamais l'utiliser.*
- *Ne dites pas cela. Ce n'est qu'une question d'entraînement.*
- *M'entraîner à quoi? À vider les gens de leur sang plus ou moins vite?*
- *Eh bien... On pourrait le résumer comme ça en effet... Mais je suis sûr qu'il peut servir à autre chose. Tout comme vous ne faites pas que des éclairs avec votre électricité, vous pouvez aussi faire un bouclier, n'est-ce pas? Ça prendra surement du temps mais nous trouverons bien quelque chose.*
- *Hmm... peut-être... mais vous êtes sûr d'être un démon?*
- *Parfaitement sûr. Mais pourquoi cette question?*
- *Vous êtes si gentil..."*

Kain cligna des yeux avant de rire. Il lui expliqua qu'il était simplement pédagogue et qu'il était doué pour s'adapter aux besoins de ses élèves. Il annonça ensuite à Shana qu'il allait la ramener à la chambre car la leçon du jour était terminée et qu'elle avait déjà utilisé beaucoup d'énergie magique. Elle le remercia chaleureusement puis entra dans la chambre. Elle fut alors surprise d'y découvrir Lucifer, qui dormait profondément. La grande brune hésita avant d'estimer qu'elle n'avait toujours pas envie de lui faire face. Elle fit alors demi-tour et alla rendre visite à Cerbère. Elle le caressa un moment avant que la fatigue ne la rattrape. Qu'elle le veuille ou non, il allait falloir qu'elle retourne dans la chambre. Elle fit la moue et commença à marcher avant de finalement s'arrêter au détour d'un couloir lorsqu'elle entendit des pleurs. Elle s'apprêtait à aller voir, mais la conversation qu'elle entendit l'en dissuada.

- *"Il faut que tu te calmes, Tayah…*
- *Et si on était les prochaines? Tu y as pensé? Depuis quelque temps, il ne vient plus du tout nous voir... et hier... J'étais tellement jalouse quand il a choisi Mori... Mais je la vois encore se débattre... Je l'entends encore hurler pendant qu'il la tuait!*
- *Je sais, Tayah... Cela faisait bien longtemps que je ne l'avais pas vu autant en colère... Je ne sais pas ce qui se passe, mais il y a quelque chose qui cloche avec le Maître…*
- *I-il y a une rumeur qui court depuis quelques jours…*
- *Une rumeur?*
- *Il y en a qui disent qu'une humaine partagerait sa chambre.*

- Quoi? C'est ridicule! Jamais une simple humaine ne pourrait le satisfaire autant que nous le faisons!
- Si elle existe vraiment... je vais le trouver, et je vengerais Mori!"

      Shana sentit son estomac se nouer. Alors Lucifer n'avait pas couché avec l'une de ses concubines. Il l'avait tuée de sang froid. Et maintenant elle allait être prise pour cible. Elle comprenait mieux les mises en garde du clone à présent. Sans faire de bruit, la grande brune prit un autre chemin et retourna dans la chambre. Il était plus que temps qu'elle ait une conversation sérieuse avec le Démon. Mais elle ne voulait pas qu'il puisse se dérober. Elle réfléchit un moment avant de sourire en coin. Elle ramassa les liens qu'il avait utilisés sur elle et, tout comme il l'avait fait, elle lui attacha les poignets à la tête de lit, bougeant le plus lentement possible pour ne pas le réveiller. Elle s'assit ensuite à ses côtés et caressa sa joue tendrement. Quand il dormait et qu'il ne lui adressait pas un regard peu amène, elle avait l'impression de retrouver le Lucifer dont elle s'est éprise. L'homme bougea un peu en grognant tout bas puis il ouvrit les yeux. Il fronça les sourcils en se rendant compte qu'il était attaché.

- "Qu'est-ce que tu fais?
- Il faut qu'on parle…
- Et c'est une raison pour m'attacher?
- Je voulais juste que tu ne puisses pas t'en aller avant la fin

de la conversation...

- Et de quoi veux-tu parler?

- De plein de choses à vrai dire...

- Je t'écoute. Mais ne t'avise pas de me faire perdre mon temps. J'ai du travail.

- Toujours aussi sympathique..."

Shana se frotta le visage en soupirant. Elle ne savait pas par quoi commencer. Elle n'avait pas réfléchi aussi loin.

- *"La vérité, c'est que... tu me manques...*

- *Je suis là pourtant.*

- *Tu es là mais... ce n'est plus comme avant...*

- *Je ne vois pas de quoi tu parles.*

- *Je pense que si, mais que tu me forces à le dire par moi-même, ce qui n'est pas gentil parce que tu sais que ça va être embarrassant pour moi...*

- *Si tu le dis.*

- *Il y a vraiment des fois où j'ai envie de te gifler... mais bon... Ces derniers temps, tu es froid et distant avec moi. On n'a plus de discussions, plus de contacts... Ça... ça me manque de pouvoir me blottir contre toi... de me sentir en sécurité... Je sais qu'on n'est pas toujours d'accord mais... si les choses doivent rester comme ça, je ne le supporterais pas...*

- *Qu'est-ce que tu attends de moi alors?*

- *Juste que... tu redeviennes comme avant... Que tu me dises ce qui t'a fait changer, ce que j'ai fait de mal...*

100

- Commence par me détacher. Je n'aime pas qu'on essaie de me dominer.

- D-désolée!"

La grande brune s'empressa de lui retirer les liens puis elle s'assit sagement.

- "Voilà qui est mieux."

Lucifer se redressa tout en frottant ses poignets puis il posa son regard ébène sur la jeune femme. Il lui fit redresser la tête en attrapant doucement son menton.

- "Ce qui a changé, c'est toi.

- C-comment ça?

- Au début, je pensais que, tout comme moi, tu voulais t'amuser. Et ça m'allait très bien comme ça, même si je savais que j'allais gagner quoi qu'il arrive. Mais tu as perdu plus vite que prévu.

- Ah?...

- J'ai commencé à sentir que tes sentiments à mon égard avaient changés. Mais même si mon égo en est gonflé, je ne peux pas répondre à tes attentes.

- Pourquoi? Parce que je suis humaine, c'est ça? Parce que ça te fait paraître faible? J'ai entendu tes concubines parler... Elles ont dit que jamais je ne pourrais te satisfaire comme elles le font…

- Ça n'a rien à voir avec ça. Je me fous de ce qu'on pourrait penser de moi. Et je n'ai jamais eu à me plaindre de nos relations sexuelles. Tu m'as même agréablement surpris plus d'une fois.
- Alors quel est le problème?... C'est à cause de ma famille? Parce que mon père va me traquer ainsi que tes démons?
- Non plus.
- Mais quoi alors? Arrête de tourner autour du pot!
- Je ne peux pas t'en parler.
- Lucifer! Ne recommence pas... s'il-te-plaît..."

L'homme soupira longuement et se massa les tempes. Il faisait à nouveau face à une lutte interne. Shana hésita à s'approcher et lorsqu'elle croisa le regard plein de douleur du Démon, elle céda et vint l'enlacer. Elle caressa ses cheveux et le serra contre elle. Ce simple contact lui avait tellement manqué que ses mains tremblaient légèrement.

- "Tu veux vraiment savoir?
- Oui... mais si c'est trop dur pour toi, ne te force pas…
- Hmm..."

Il soupira et déposa un baiser dans le cou de la grande brune puis recula et prit sa main.

- "Viens avec moi. Je vais te montrer."

Shana le suivit hors de la chambre et elle reconnut le chemin qui menait à la cage de Cerbère. Elle sentit que l'homme était de plus en plus tendu. Elle se sentait coupable et eut envie de lui dire d'abandonner, mais sa curiosité était la plus forte, même si cela la rendait égoïste. Ils entrèrent finalement dans la cage du chien démoniaque et ce dernier se leva en jappant et en remuant la queue en voyant Shana.

- *"Il t'aime vraiment beaucoup.*
- *C'est réciproque. Je suis... revenue le caresser tout à l'heure. J'avais besoin de me changer les idées après l'entraînement…*
- *C'est vrai que j'ai remarqué que tu avais pleuré. Qu'est-ce qui s'est passé?*
- *Je t'en parlerais tout à l'heure. Ce n'est pas le moment…*
- *Comme tu veux."*

Lucifer sembla hésiter quelques secondes, puis il ordonna à son chien d'aller de l'autre côté de la cage. Cerbere grommela mais il alla se coucher devant la porte de la cage pour en bloquer l'entrée. Shana réalisa qu'il avait libéré l'accès à une trappe. Lucifer souleva la lourde porte puis il invita la grande brune à descendre les marches. Il referma derrière eux puis il claqua des doigts. Des flambeaux accrochés aux murs s'allumèrent alors, leur montrant la voie. Le cœur de Shana battait à tout rompre. Si cet endroit était protégé par Cerbere lui-même, c'est qu'il devait receler un gros secret, que Lucifer voulait cacher à tout le monde. Elle était à la fois impatiente et inquiète. Qu'allait-elle découvrir? Le fait que le Démon lui-même semblait hésiter à entrer ne la rassurait pas le moins du monde. Il ouvrit finalement une porte en bois et la grande brune dut cligner des yeux plusieurs fois pour s'habituer à la lumière éblouissante qui s'échappait de la pièce.

- "Entre la première...
- Euh... d'accord..."

La jeune femme pénétra dans la pièce d'un pas hésitant. Elle se retrouva face à une sorte d'immense cristal, dans lequel était enfermée une magnifique femme à la peau mate. Ses yeux étaient fermés et elle semblait endormie, mais Shana sentait que ce n'était pas le cas. Elle percevait que toute vie avait quitté ce corps sublime et que c'est pour cette raison qu'il était préservé de la sorte, telle une rose éternelle.

- "Qui est-ce?...
- Lilith...
- Ce nom ne m'est pas inconnu. Si je me rappelle bien, c'était une princesse démone très puissante, qui a aidé à la création des Enfers.
- Elle était bien plus que ça. C'était ma femme."

Shana sentit son coeur se serrer. Non pas à cause de la nouvelle en elle-même, mais parce que Lucifer avait prononcé ces mots d'une voix cassée par l'émotion. La grande brune le regarda puis elle lui caressa la main.

- *"Je suis désolée de t'avoir forcé à me montrer ça... Je... Je ne savais pas que ton cœur était déjà pris…*
- *Ce n'est pas ça. Lilith est morte il y a plusieurs siècles déjà. Je l'ai aimé sincèrement, et je ne l'oublierais jamais. Mais mes sentiments pour elle se sont éteints avec le temps.*
- *Je vois..."*

Lucifer prit une profonde inspiration et plissa le nez, comme si continuer de parler lui demandait un effort surhumain. Ce n'était pas le genre de conversation qu'il avait l'habitude d'avoir, et il aurait clairement préféré ne pas y être obligé.

- *"Lilith était la démone la plus puissante qui soit.*
- *Comment est-elle...?*
- *Peu après la création des Enfers. Mon frère n'aimait pas la façon dont nous gérions l'endroit. Malgré de longues conversations, nous n'avons jamais réussi à nous mettre d'accord. Lilith a fini par en avoir marre et elle a décidé d'agir... brutalement. La grande guerre entre les anges et les démons a commencé. Elle a duré plusieurs millénaires. Et elle s'est terminée quand les archanges ont réussi à coincer Lilith et qu'ils l'ont tuée. Une trêve a été signée et j'ai enfin trouvé un accord avec mon frère."*

Shana écoutait attentivement. Elle était contente que le Démon se confie ainsi à elle. Mais une question lui brûlait les lèvres. Quel était le rapport avec elle? Elle ne comprenait pas. Une fois de plus, Lucifer sembla lire en elle comme dans un livre ouvert. Il prit le visage de la grande brune entre ses mains chaudes et ancra son regard dans le sien.

- *"Lilith était extrêmement puissante et on me l'a enlevée malgré tout. Toi tu es humaine... tellement fragile, mortelle. Si je me laisse m'attacher à toi et que je te perds, je ne le supporterais pas. Je ne survivrais pas à une telle épreuve une deuxième fois."*

Shana sentit les larmes rouler sur ses joues. Ses paroles la touchaient en plein cœur. Il ne s'en rendait sûrement pas compte, mais il n'aurait pas pu lui faire de plus belle déclaration. Elle aurait voulu le rassurer, mais il avait raison sur toute la ligne. Malgré tout, elle avait un poids en moins sur les épaules. Il ne la détestait pas, au contraire même. Il pressa son front contre le sien et ils fermèrent les yeux. Ils restèrent un moment comme ça, et Shana murmura à nouveau qu'elle était désolée.

- *"Arrête de t'excuser.*
- *Mais...*
- *Je vais essayer de faire des efforts, mais je ne peux pas te promettre de réussir à agir comme avant.*

106

- Je comprends... Il faut que tu te protèges aussi... On va voir comment les choses vont
évoluer... Ne nous précipitons pas…
- Oui... sortons d'ici. Et tu dois toujours me parler de ton entraînement.
- Ah... Oui, ça ne s'est pas vraiment passé comme prévu…
- C'est-à-dire? Tu n'as pas réussi?
- Au contraire... J'ai failli tuer Kain sans le vouloir…
- Quoi?!
- Oui, je sais... c'est pour ça que j'ai pleuré... J'ai eu tellement peur... Mais il va bien…
- Tu aurais dû me réveiller.
- Pour quoi faire?... Tu m'aurais réconfortée à ce moment-là?
- ... Probablement pas, en effet.
- Et mon pouvoir est dégoûtant... il y avait du sang partout... J'avais l'impression d'être dans un film d'horreur…
- J'aurai dû être là..."

Il déposa un baiser sur la tête de la grande brune et passa un bras autour de sa taille pour la rapprocher tandis qu'ils sortaient. Ils retournèrent ensuite dans la chambre et s'allongèrent, Shana s'installant sur le corps chaud du Démon. Elle ferma les yeux et soupira d'aise en sentant ses doigts sans ses cheveux.

- "Tu as réussi à régler certains de tes problèmes?
- Pas vraiment... Mais n'en parlons pas. J'ai envie de souffler

un peu.
- D'accord..."

CHAPITRE DIX

Pendant les trois semaines suivantes, une sorte de routine s'installa. Shana s'entraînait avec Kain tandis que Lucifer allait travailler, puis ils se retrouvaient dans la chambre. Parfois le Démon était doux, parfois il était à nouveau froid et distant. Leurs disputes aussi n'étaient pas rares. Mais ils faisaient avec. Ils arrivaient mieux à se comprendre et à s'expliquer à présent.

Shana était en train de s'entraîner. Elle avait inventé de nouvelles techniques avec ses pouvoirs électriques et elle progressait bien. Cependant, elle refusait toujours d'utiliser son autre pouvoir. Elle avait essayé une fois ou deux, mais à la première goutte de sang, elle paniquait et abandonnait. Kain ne cessait de la rassurer et de l'aider à réfléchir à trouver un moyen d'utiliser son pouvoir autrement, mais rien n'y faisait. Ils étaient d'ailleurs en train de discuter à ce sujet lorsque Lucifer entra dans la salle d'entraînement. Il semblait mécontent.

- *"Kain, tu es trop gentil avec elle. C'est pour ça qu'elle n'avance pas.*
- *Utiliser une méthode plus brutale ne ferait que la bloquer davantage, Monsieur.*
- *Je ne t'ai pas choisi pour que vous deveniez amis, mais parce que tu es censé être le meilleur.*

- Et je le suis toujours, Monsieur. Mais contrairement à mes autres élèves, ce n'est pas un démon. Je suis forcé de m'adapter.

- Nous n'avons pas le temps pour ça. Si tu n'es pas capable de la faire avancer, je vais devoir m'occuper de son entraînement personnellement.

- Il nous faut juste encore quelques semaines...

- J'espère pour toi. Je veux des résultats. "

Tout en parlant, Lucifer n'avait pas posé son regard une seule fois sur Shana. Son ton autoritaire semblait cacher une pointe d'inquiétude. Quoi qu'il en soit, il allait falloir qu'elle utilise son pouvoir sanglant, qu'elle le veuille ou non, car elle n'était pas persuadée de vouloir que le Démon prenne la place de son professeur. Lucifer tourna ensuite les talons et quitta la pièce, ce qui fit soupirer à l'unisson Kain et Shana.

- "Qu'est-ce qu'il voulait dire par nous n'avons pas le temps pour ça?

- Je ne sais pas. Il reste silencieux pendant les Conseils ces derniers temps, mais il est clair que quelque chose le tracasse.

- S'il ne t'en parle pas, il n'y a aucune chance pour qu'il me dise quoi que ce soit...

- J'en ai bien peur. Mais occupons-nous de nos propres problèmes pour le moment.

- Oui, tu as raison...

- Je pense avoir une idée, mais ça ne va pas te plaire.

- Je t'écoute…

- Je sais que tu vas forcément te retenir pour ne pas me blesser. Mais on pourrait utiliser des prisonniers démons.

- Q-quoi? Mais ça reste des personnes, je ne peux pas faire ça!

- Ils vont probablement être exécutés de toute façon, donc autant qu'ils servent à quelque chose avant.

- Comment est-ce que tu peux dire un truc aussi horrible?

- Je suis juste pragmatique, Shana. La compassion fait partie des choses qui différencient grandement les humains des démons.

- C'est ce que je vois…

- Et puis le but n'est pas juste de les vider de leur sang. Je pense que ton pouvoir peut aussi avoir l'effet inverse.

- Comment ça?

- Comme un pouvoir de guérison. Si tu peux contrôler le sang, il n'y a pas de raison pour que tu ne puisses que le faire sortir.

- Je vois…

- Je sais que c'est une décision difficile à prendre pour toi, alors prends le temps d'y réfléchir, d'accord?

- D'accord…

- On va s'arrêter là pour aujourd'hui.

- Hmm... mais j'ai pas envie de retourner tout de suite dans la chambre.

- Eh bien... Je suppose que tant que je reste avec toi pour te protéger, le Maître ne devrait pas s'énerver si tu te balades un

peu.
- Merci beaucoup, Kain!"

Shana lui adressa un grand sourire puis elle le suivit hors de la pièce. Il la fit ensuite visiter les endroits qui ne nécessitaient pas d'autorisation particulière tout en lui racontant l'histoire des démons ou des anecdotes. La grande brune se sentait bien. Pour la première fois depuis son arrivée, elle se sentait libre. Elle avait conscience que Kain était en quelque sorte son garde du corps, mais à cet instant précis, elle savourait la sensation d'une sortie entre amis. Cela la perturbait d'ailleurs quelque peu de se dire que la première personne qu'elle considérait véritablement comme un ami était un démon supérieur, alors que même sur Terre elle n'avait pas réussi à se lier à qui que ce soit. Shana pensa alors immanquablement à son frère, et son cœur se serra. Il lui manquait et le fait de savoir qu'elle ne le reverrait probablement jamais accentuait encore sa douleur. Elle aurait tellement aimé que Kal la prenne dans ses bras, rien qu'une dernière fois.

- "Quelque chose ne va pas?
- N-non, désolée!
- À quoi est-ce que tu pensais?
- À rien d'important…
- Pour quelque chose sans importance, ça te rend quand même bien triste.

112

- Hmm... Je pensais à mon frère. Je n'ai même pas pu lui dire au revoir…
- C'est vrai que le Maître t'a amenée ici à l'improviste.
- Oui... mais oublions ça! On passe un bon moment alors je ne veux pas casser l'ambiance!"

Kain tapota la tête de la jeune femme et ils poursuivirent leur balade. Lorsqu'ils retournèrent enfin à la chambre, il était tard. Lucifer était assis au bord du lit, les bras croisés.

- "Tu es en retard.
- Ah... Euh oui, on s'est entraînés plus longtemps que prévu…
- Ne me mens pas, je suis passé au terrain d'entraînement et vous n'y étiez pas.
- Ne t'énerve pas…
- Que je ne m'énerve pas, Shana? Tu me mens, tu passes toute la soirée je ne sais où avec un autre homme et quand tu reviens enfin tu affiches un grand sourire. Quelle conclusion j'en tire à ton avis?
- Une conclusion idiote, te connaissant. Kain m'a fait visiter et il m'a raconté plein de choses sur les démons. Alors oui, je souriais parce que j'ai passé un bon moment et que contrairement à toi, qui ne m'a même pas lancé un seul regard tout à l'heure, lui il se préoccupe un minimum de moi! T'as qu'à te bouger le cul au lieu de faire ton jaloux!
- Baisse d'un ton.
- Toi, baisse d'un ton."

Lucifer grogna et ils se toisèrent avant d'être interrompus lorsque quelqu'un frappa à la porte. Le Démon dit à Shana de rester en retrait pour ne pas être vue puis il alla ouvrir. Il soupira en se retrouvant nez-à-nez avec les deux concubines que Shana avait entendues des semaines auparavant. Lucifer sortit de la chambre pour pouvoir discuter tranquillement. Shana hésita avant de coller son oreille à la porte, ne pouvant résister à la tentation de savoir ce qui allait se dire.

- *"Yah, Luss, pourquoi tu ne viens plus nous voir?*
- *J'ai beaucoup de travail.*
- *Tu en as toujours eu! Il parait que tu nous as remplacé par une humaine!*
- *N'importe quoi.*
- *Alors laisse-nous entrer dans ta chambre pour vérifier!*
- *Je n'ai rien à vous prouver. Retournez dans vos appartements.*
- *On trouvera des preuves par nous-mêmes dans ce cas!*
- *Si je passe vous voir, vous allez me lâcher la grappe?*
- *Pour un temps, oui! Tu sais qu'on reste bien dociles quand tu prends la peine de nous dresser comme il se doit.*
- *Bien. Alors l'affaire est réglée. Dégagez maintenant.*
- *À tout à l'heure, Luss!"*

Comprenant que la conversation était terminée, Shana retourna dans la salle de bain pour faire comme si de rien n'était. Mais Lucifer n'était pas dupe, et de toute façon, le dégout qu'éprouvait la jeune femme face au comportement des concubines devait se voir clairement sur son visage.

- "On ne t'a jamais dit que ça ne se fait pas d'écouter aux portes.
- Hmm... Tu vas vraiment y aller?
- J'ai pas le choix.
- On a toujours le choix, surtout toi, tu es le Diable.
- Si je n'y vais pas, elles vont causer des problèmes, voire te tuer.
- Tu ne peux pas envoyer un clone à la place?
- Non, elles se sentiraient et le prendraient encore plus mal. Mais si tu veux, je peux t'en laisser un.
- Non merci, je préfère rester seule.
- Comme tu veux."

Le Démon haussa les épaules puis il alla prendre une douche et se changea. Shana s'assit au bord du lit et soupira. Il avait beau prétendre faire ça pour la protéger, ça n'avait quand même pas l'air de le déranger plus que ça au fond. Quand il fut prêt, il déposa un baiser sur son front et quitta la chambre sans un mot.

La grande brune soupira longuement et balaya la pièce du regard. Elle allait devenir folle si elle restait là à ruminer. Après un moment, elle se leva et se rendit silencieusement jusqu'à la salle d'entraînement. Kain lui avait dit qu'elle devait faire du sport pour mieux supporter les grosses dépenses d'énergie magique. Autant utiliser son temps libre à bon escient plutôt que de se morfondre. Elle s'entraîna pendant plusieurs heures, perdant une fois de plus la notion du temps. Elle ne revint à la réalité que lorsque la porte de la pièce s'ouvrit, la faisant sursauter. Kain fit alors son apparition. Contrairement à d'habitude, il avait une tenue décontractée et ses cheveux étaient en bataille.

- *"Qu'est-ce que tu fais là?*
- *Je n'arrivais pas à dormir alors je suis venue m'entrainer... et toi?*
- *On est venu me réveiller pour me signaler qu'il y avait du bruit ici. Ils ont peur d'entrer depuis qu'ils m'ont vus sortir couvert de sang.*
- *Oh... Je vois... Désolée que tu aies été réveillé à cause de moi…*
- *Ce n'est rien. Mais tu devrais aller te coucher maintenant.*
- *Hmm... Au fait, j'ai changé d'avis.*
- *À propos de quoi?*
- *Du fait d'utiliser des prisonniers pour m'entrainer.*
- *Qu'est-ce qui t'a fait changer d'avis aussi vite?*
- *Rien en particulier…*
- *Shana, je ne suis pas idiot.*
- *Je sais, désolée... C'est juste que je me dis que... si je deviens assez forte, il y a des choses... que Lucifer ne sera*

plus obligé de faire pour me protéger…

- Je vois. Dans ce cas je suis contre.

- Q-quoi? Mais pourquoi?!

- Tu es une bonne personne, Shana. Même un démon comme moi est capable de le voir. Et tu as des principes, ce que je respecte, même si je ne les comprends pas toujours. Et je ne vais pas te laisser les bafouer pour une raison aussi futile que de la jalousie ou parce que tu es tombée amoureuse d'un homme trop stupide pour voir à quel point il est chanceux.

- Chanceux?...

- Bref, je te raccompagne à ta chambre, et je ne te laisserais pas t'entraîner avec les démons tant que tu ne m'auras pas donné une raison valable de le faire.

- D'accord..."

Shana fit la moue et suivit l'homme aux cheveux rouges. Elle pensait avoir enfin réussi à prendre une bonne décision, et voilà qu'elle se faisait gronder pour ça. Ils s'arrêtèrent une fois arrivés devant la porte.

- "On se voit demain. On commencera l'entraînement un peu plus tard pour que tu aies le temps de dormir.

- D'accord... merci... Dis, tu... ne veux pas entrer une minute?

- Je n'en ai pas le droit. Et ce ne serait pas une bonne idée. Mais je comprends mieux tes paroles de tout à l'heure. S'il n'est ni au travail, ni avec toi, je me doute d'où il peut être.

- Hmm…

- Ne le laisse pas te briser le cœur. Bonne nuit, Shana."

Il tapota doucement la tête de la grande brune puis il tourna les talons. Shana soupira doucement puis elle alla se coucher.

Lorsque Shana se réveilla, Lucifer n'était toujours pas rentré, ce qui était plus un soulagement qu'autre chose en définitive. Elle mangea le repas qui l'attendait sur le table de chevet puis elle se prépara pour aller s'entraîner. Elle avait fait de son mieux pour ne pas penser aux sous-entendus qu'elle avait cru comprendre dans les paroles de Kain. Elle avait déjà du mal à gérer Lucifer, ce n'était pas pour rajouter un autre homme dans l'équation. Elle fit donc le vide dans son esprit et entra dans la salle d'entraînement. L'homme aux cheveux rouges l'accueillit avec un sourire, auquel elle répondit instantanément.

- "Tu as réussi à te reposer?
- Oui, je suis en pleine forme. Je sens qu'on va bien avancer aujourd'hui!
- Voilà une bonne nouvelle."

Kain lui donna donc des exercices à faire et la jeune femme s'y attela. Elle était vraiment à l'aise à présent avec son pouvoir électrique. Elle arrivait à en contrôler la puissance, mais aussi la forme, et visait avec une grande précision. Elle se fatiguait moins vite qu'avant, mais son corps n'en restait pas moins humain, et il avait des besoins vitaux. Kain arrêta d'ailleurs l'entraînement quand il entendit le ventre de Shana gargouiller.

- *"Je vais te chercher à manger, profites-en pour te reposer.*
- *Oui, chef!"*

Ils échangèrent un sourire et Kain quitta la pièce tandis que la grande brune tâchait de détendre ses muscles. Elle dévora ensuite le repas terrien que lui rapporta son professeur, avant de soupirer.

- *"Je te laisse un peu de temps pour digérer puis on s'y remet.*
- *Ça me va!"*

Shana s'allongea sur le sol puis, sans réfléchir, elle posa sa tête sur la cuisse de l'homme aux cheveux rouges et ferma les yeux. Apaisée, elle s'offrit le luxe d'une petite sieste, sentant parfois les doigts de Kain passer dans ses longs cheveux.

- *"Alors c'est là qu'elle se cachait, cette satanée humaine!*
- *Et en plus de se contenter de Luss, elle veut aussi s'accaparer Kain! À croire qu'elle veut nous piquer tous les meilleurs coups!*
- *Pas pour longtemps! Sa vie minable a suffisamment duré!"*

119

Shana avait rouvert les yeux en reconnaissant les voix des concubines puis elle s'était redressée. Elle regarda les démones, qui étaient trois cette fois-ci.

- *"Shana, va au fond de la salle, je vais m'occuper d'elles."*

Kain la fit se lever puis il se plaça entre les démones et elle dans une posture protectrice. Mais Shana ne bougea pas, les yeux rivés sur ces femmes qui la dégoûtaient au plus haut point.

- *"Où est Lucifer?*
- *On s'est assurées qu'il soit trop occupé avec nos sœurs pour intervenir.*
- *En voilà une bonne nouvelle."*

Kain tourna la tête vers son élève, surpris par son comportement, puis il fronça les sourcils en voyant son air déterminé.

- *"Il est hors de question que je te laisse les affronter.*
- *C'est mon combat, pas le tien. Fais moi confiance.*
- *Shana…*
- *S'il-te-plait, Kain.*
- *Bien... Mais j'interviendrais en cas de besoin."*

Shana acquiesça et passa devant son professeur. Elle était en colère, et le fait que les démones soient en train de la traiter d'arrogante, de sale humaine ou encore de catin ne faisait qu'augmenter sa rage. Elle sentait son pouvoir sanglant bouillonner en elle. Elle allait relâcher toute la haine et la frustration qu'elle avait accumulées au cours des dernières semaines. Elle s'approcha davantage et le flux magique qu'elle relâcha était tellement puissant que Kain recula machinalement. Il avait pu voir son pouvoir se propulser vers les concubines pour les frapper telle une volée de flèches. Il ne fallut même pas une seconde pour que les trois femmes s'écroulent en hurlant. Elles convulsaient, leurs visages déformés par la douleur et la terreur. Mais pas une seule goutte de sang ne coulait. Shana faisait bouillir leur sang, gonfler leurs artères, éclater leurs organes.

- "Shana, ça suffit maintenant."

Mais la grande brune n'arrêta pas. Elle était en transe. Elle ne quittait pas du regard les trois femmes qui se tortillaient sur le sol, mourant à petit feu, dans d'atroces souffrances. Kain attrapa la grande brune par les épaules pour la secouer. Il essayait de la faire revenir à la raison, mais rien ne fonctionnait. Il grogna et, dans un geste presque désespéré, il scella leurs lèvres. Il fallut malgré tout quelques secondes à la grande brune pour qu'elle se reconnecte au monde qui l'entourait. Les concubines arrêtèrent enfin de hurler, mais seulement pour succomber dans un dernier râle. Kain rompit le baiser puis il entoura ses bras autour de la grande brune quand il la sentit s'affaisser.

- *"Tu as relâché trop d'énergie d'un coup... C'était... stupide..."*

Il soupira et prit la jeune femme inconsciente dans ses bras. Lorsqu'il releva la tête, il se figea en voyant Lucifer sur le pas de la porte. Le Démon avait les yeux rouges et non seulement ses mains étaient recouvertes de flammes noires, mais tout le reste de son corps aussi.

- *"Ramène-la dans la chambre. Il faut qu'on ait une discussion, Kain.*
- *Bien, Monsieur..."*

Kain déglutit quand il passa à côté du Maître des Enfers. Il se dirigea vers la chambre et déposa doucement la jeune femme sur le lit. Il la borda ensuite avant de sortir de la pièce, suivi de près par Lucifer.

CHAPITRE ONZE

Lorsque Shana se réveilla, elle avait l'impression que son corps pesait une tonne. Elle passa sa main dans ses cheveux en grimaçant.

- *"Putain, j'ai le crane qui va exploser…*
- *Ravi de voir que tu es enfin réveillée."*

Shana se redressa difficilement pour s'asseoir contre la tête de lit, puis elle regarda Lucifer. Il était affalé dans un fauteuil. Ses habits étaient en lambeaux et il avait de multiples blessures, mais qui semblaient déjà être en train de guérir.

- *"T'as une sale tête, Lucifer.*
- *T'as pas vu la tienne.*
- *Avec qui tu t'es battu?*
- *Ça n'a plus d'importance.*
- *Lucifer…*
- *Tu ne te rappelles pas?*
- *De quoi?*
- *De ce qui s'est passé après que tu aies tué mes concubines."*

La grande brune pencha la tête sur le côté et se gratta la joue. Étant donné qu'elle n'était pas dans son état normal à ce moment-là, ses souvenirs étaient flous. Elle fit de son mieux pour se remémorer les faits avant de rougir quelque peu quand la sensation des lèvres de Kain sur les siennes lui revint en mémoire.

- *"Je vois que les souvenirs te sont revenus.*
- *Ne me dis pas que c'est avec Kain que tu t'es battu!*
- *J'avais des choses à mettre au clair avec lui.*
- *Lucifer, où est-ce qu'il est?*
- *Pourquoi tu tiens tant à le savoir?*
- *Dis moi que tu ne l'as pas tué.*
- *Il m'est trop utile.*
- *Tant mieux..."*

La jeune femme prit une profonde inspiration puis elle se leva en grimaçant à nouveau.

- *"Où est-ce que tu vas?*
- *Voir comment il va, évidemment.*
- *Non. Tu restes ici.*
- *Tu n'as pas d'ordre à me donner, Lucifer."*

Le Démon grogna et se leva avant de plaquer violemment la jeune femme contre le mur. Il lui attrapa les poignets et les maintint au-dessus de sa tête.

- *"Tu es à moi. Personne d'autre n'a le droit de te toucher.*
- *Ah oui? Et où est-ce que tu étais quand je me suis faite*

attaquer? En train de baiser tes vide-couilles. Kain était là, lui.
- Je l'ai fait pour te protéger.
- Je ne t'ai rien demandé, je n'ai pas besoin de ta protection.
Tu as fait ça pour moi? Au final, c'est ça qui leur a donné
l'opportunité de s'en prendre à moi.
- Ne me pousse pas à bout, Shana.
- Je t'ai déjà dit que tu ne me faisais pas peur."

Lucifer grogna fortement et resserra son emprise, Shana lâcha une plainte quand les os de son poignet craquèrent. Le Démon écarquilla les yeux et il allait la relâcher quand une grosse décharge d'électricité le fit voler à travers la pièce.

- "Tu as été trop loin, Lucifer.
- Shana, je... me suis emporté.
- J'en ai rien à foutre. Ne m'approche plus. Je veux une autre
chambre. Et ne me suis pas."

Elle lui lança un regard noir et quitta la pièce. Lucifer soupira et se laissa retomber dans le fauteuil. Il avait été beaucoup trop loin. Et il réalisait aussi à quel point il avait sous-estimé la jeune femme. Il la voyait comme une petite humaine fragile, pourtant, à l'instant, elle avait eu une aura presque aussi impressionnante que celle de Lilith. Et il avait tout fichu en l'air.

De son côté, Shana avait demandé où se trouvait la chambre de Kain. Elle pénétra dans la pièce timidement et vint s'asseoir près du lit. Kain était recouvert de bandages. Même avec son pouvoir de guérison, il allait lui falloir un peu de temps pour s'en remettre.

- *"Salut, Kain...*
- *Salut, toi... Qu'est-ce que tu fais là?*
- *Je voulais m'assurer que tu étais toujours en vie...*
- *Ça va aller, ne t'en fais pas... Mais toi, tu as l'air de souffrir...*
- *Hmm... C'est rien... Juste mon poignet..."*

Kain fronça les sourcils et il posa sa main sur le poignet de la jeune femme. Elle sentit une chaleur l'envahir et elle grimaça quand ses os se remirent en place. La douleur s'apaisa ensuite et elle soupira d'aise.

- *"Merci...*
- *C'est Lucifer qui t'a blessée, n'est-ce pas?*
- *Oui... mais ça n'arrivera plus. Je lui ai dit que je voulais ma propre chambre.*
- *Parce que tu crois qu'il va accepter aussi facilement?*
- *Je ne lui laisserai pas le choix.*
- *Alors c'est fini entre vous?*
- *À se demander si ça a vraiment commencé un jour...*
- *Tu mérites mieux que ça.*
- *Ne dis pas des choses comme ça. S'il l'apprend, il va*

126

vraiment finir par te tuer…
- Et pourtant tu es venue ici…
- C'est vrai... Je devrais peut-être y aller…
- Reste encore un peu... On n'est plus à quelques minutes près…
- Surement... Tu devrais te reposer."

Ils échangèrent un sourire et Shana déposa un baiser sur le front du professeur. Elle posa ensuite sa joue sur le matelas et ferma les yeux.

- "J'aimerais tellement pouvoir revenir en arrière... N'être qu'une simple humaine qui déteste son travail, qui a encore une famille et qui ne sait rien des démons…
- Mais c'est impossible…
- Je sais…
- Mais tu t'en sors bien jusqu'à présent, tu t'adaptes mieux que tu ne le penses.
- Si s'adapter au monde démoniaque ça veut dire tuer des gens, alors oui, je m'en sors bien…
- Ne t'en veux pas, tu t'es juste défendue…
- J'ai carrément pété un câble oui…
- Hmm... Certes…
- Tu as été obligé de m'arrêter…
- J'ai fait ce que j'avais à faire.
- Ça t'a quand même coûté cher.

- Mais je le referais sans hésiter.

- Idiot..."

Shana rougit un peu en bougonnant. Mais elle ne put s'empêcher de sourire. Une fois de plus, elle se sentait apaisée en présence du beau démon aux cheveux rouges.

Shana passa le reste de la soirée en compagnie de Kain, jusqu'à ce qu'il soit en mesure de retirer la plupart de ses bandages. Elle regrettait de ne pas l'avoir rencontré avant Lucifer. Les choses seraient plus simples si c'était de lui dont elle était tombée amoureuse. Elle serait heureuse, elle le savait. Mais même si une partie d'elle détestait le Maître des Enfers, elle ne pouvait s'empêcher de l'aimer, tout comme elle continuait d'espérer que les choses s'arrangent entre eux. Ça l'agaçait de ressentir cela. Elle aurait voulu pouvoir retirer son cœur de sa cage thoracique, juste pour avoir un moment de répit.

Il lui fallut beaucoup de courage pour se décider à sortir de la chambre de Kain. Elle marchait d'un pas traînant dans les couloirs, ne prêtant pas la moindre attention aux démons qu'elle croisait et qui la toisaient. Lorsqu'elle entra dans la chambre de Lucifer, il n'était pas là. La grande brune haussa un sourcil en remarquant que des choses avaient bougé de place. Elle vit ensuite qu'il y avait un mot posé sur la table de chevet. Elle prit une profonde inspiration avant de le lire.

"Je te laisse cette chambre, tu y seras en sécurité étant donné que personne n'a le droit d'y entrer. J'ai pris mes affaires et j'ai fait remplir l'armoire avec des vêtements pour toi. J'espère qu'ils te plairont. Je suis désolé pour ton poignet, je n'avais pas l'intention de te blesser. Mais connaissant Kain, il a dû s'en occuper. J'ai merdé plus d'une fois, alors je vais te laisser le temps de digérer tout ça. Mais sache que je n'ai pas l'intention de lâcher l'affaire."

Shana soupira longuement. Elle ne savait pas que Lucifer pouvait être aussi loquace. Elle reposa le papier et se frotta le visage. Elle était épuisée mais elle ne se sentait pas à l'aise dans cette chambre. Retourner dans celle de Kain ne serait pas une bonne idée non plus. Mais il lui restait un autre ami qui s'assurerait que personne ne puisse l'approcher. Elle sourit faiblement et se rendit jusqu'à la cage de Cerbère. Le chien à trois têtes lui fit la fête, puis elle se blottit contre son flanc et il l'entoura de ses pattes pour la tenir au chaud et la protéger. Shana fit de son mieux pour ne penser à rien, même si c'était pratiquement mission impossible. Elle finit malgré tout par s'endormir.

La semaine suivante, elle s'attela à éviter tout contact avec Lucifer et Kain. Elle voulait être seule. Elle passait tout son temps avec Cerbère, ne se rendant dans sa chambre que pour manger, prendre une douche et se changer. À son grand regret, elle finit malgré tout par être obligée de mettre fin à sa solitude. Au cours de l'une de ses balades nocturnes, elle avait intercepté une conversation préoccupante entre deux démons supérieurs. Il fallait qu'elle en parle à Lucifer, même si elle ne se sentait pas prête à le revoir. Mais pour commencer, il fallait déjà qu'elle le trouve. Il ne lui avait pas dit où se situait sa nouvelle chambre. Kain devait le savoir, lui. Shana alla donc frapper à sa porte et le sourire qu'il afficha en la voyant lui fit chaud au cœur. Ils s'enlacèrent maladroitement, ne sachant plus trop comment agir l'un envers l'autre.

- *"Tu m'as manqué, Shana…*
- *Toi aussi tu m'as manqué…*
- *Je suis heureux de voir que tu te portes bien.*
- *Oui, je continue de faire du sport tous les jours.*
- *C'est une bonne chose. Mais je suppose que tu n'es pas venue me voir pour ça.*
- *En effet. Est-ce que tu sais où se trouve la nouvelle chambre de Lucifer?*
- *Bien sûr... Le moment est venu alors?...*
- *Oui... enfin non. Je n'y vais pas pour parler de notre relation. C'est par rapport à son travail.*
- *Ah bon?*
- *Oui, j'ai entendu des choses et je dois le mettre au courant.*
- *Je vois..."*

Kain lui indiqua donc comment trouver la chambre du grand brun, clairement à contre-cœur. La jeune femme le remercia et déposa un baiser sur sa joue avant de lui assurer qu'elle reviendrait bientôt le voir. Elle sortit ensuite de la pièce et marcha en direction de la chambre de Lucifer. Elle sentait son estomac se nouer un peu plus à chaque pas. Elle s'arrêta devant la porte et prit un profonde inspiration avant de frapper. Lucifer vint ouvrir après quelques secondes. Il se figea un peu avant que son visage entier n'exprime le soulagement.

- *"Shana…*
- *Salut…*
- *Je pensais que tu ne reviendrais plus…*
- *Ça ne fait qu'une semaine, Lucifer… Tu as vécu des millénaires, ce n'est rien pour toi.*
- *Certains jours semblent plus longs que d'autres malgré tout. En tout cas, je suis content que tu sois là. J'ai des choses à te dire.*
- *Je t'arrête tout de suite. Je ne suis pas venue te parler de nous. Je suis venue te voir en tant que Maître des Enfers.*
- *Comment ça?*
- *Je... peux entrer?*
- *Bien sûr..."*

Il s'écarta pour la laisser passer et Shana alla s'asseoir au bord du lit. Les murs portaient des marques de brûlures et de coups. Il avait dû avoir des excès de colère. Mais elle préféra ne pas faire de commentaires. Elle n'était pas là pour ça. Lucifer prit place sur une chaise, face à elle.

- "Je t'écoute.
- Ces derniers temps, je me balade pas mal la nuit.
- Ce qui est loin d'être raisonnable.
- Ne commence pas à me faire la morale, sinon je m'en vais tout de suite.
- Hmm... Continue.
- Au cours de l'une de mes promenades nocturnes, j'ai surpris une conversation entre deux démons, et au vu de leurs auras, ils faisaient partie des puissants.
- Et de quoi est-ce qu'ils parlaient?
- De toi. Ou plutôt de qui ils allaient mettre à ta place une fois que tu aurais été détrôné.
- Je vois... C'était donc ça leur objectif final... J'aurai dû m'en douter.
- Tu n'as pas l'air si surpris que ça.
- Ça fait un moment que je sais qu'il y a des traîtres. Ce sont eux qui envoyaient les démons inférieurs sur Terre. Je suppose qu'ils pensaient que les anges et mon frère interviendraient si je n'arrivais pas à gérer la situation. Comme ça, ils n'auraient pas eu à se salir les mains. Mais vu que leur premier plan n'a pas fonctionné, ils passent à la vitesse supérieure. Tu n'as pas pu voir leurs visages du coup?
- Non, mais j'ai entendu un nom. Quelque chose comme

132

Alec... ou Baldec…

- Je vois. Ça va m'être utile. Merci de m'en avoir informé.

- De rien. Je vais y aller maintenant.

- Reste encore un peu.

- Pour quoi faire?

- Hmm... M'assurer que tu n'as pas tourné la page, je suppose.

- Ce n'est pas le cas. Mais ça ne veut pas dire que je suis prête à te pardonner pour le moment. Je ne te demande pas de changer radicalement du jour au lendemain, ni de devenir doux comme un agneau. Simplement que tu me respectes, que tu me montres que tu as confiance en moi, et surtout que tu me fasses me sentir aimée. On dirait que je te demande la lune, mais ce sont des attentes normales dans un couple. Si d'autres y arrivent, il n'y a pas de raison que toi tu ne puisses pas le faire.

- D'autres comme Kain?

- Tu vois, c'est ça le problème. Tu es tellement accès sur ta jalousie maladive que tu passes plus de temps à surveiller les autres qu'à me regarder moi. Laisse Kain en dehors de ça. Je suis assez grande pour repousser ses avances toute seule. Et si tu continues de te comporter comme un imbécile, il y a des chances pour que je finisse par vraiment aller vers lui. Parce que oui, il est mieux que toi dans pleins de domaines et au lieu de vouloir le tuer, tu devrais songer à t'en inspirer. Parce que c'est de toi dont je suis amoureuse, sombre crétin, même s'il y a des moments où je préférerais que ce ne soit pas le cas.

- J'avais presque oublié à quel point tu pouvais être

brutalement franche parfois... Je vais m'occuper de mon problème de traîtres, puis je vais prendre le temps de considérer tes paroles.

- D'accord, mais ne mets pas trop de temps quand même. Contrairement à toi, je n'ai pas encore plusieurs millénaires à vivre. Je ne t'attendrais pas éternellement.

- Je l'avais bien compris.

- Tant mieux alors. Maintenant j'y vais.

- Attends.

- Quoi encore?"

La grande brune plissa son nez lorsque Lucifer se leva peu après elle. Il l'enlaça ensuite, dans une étreinte d'ours, et enfouit son visage dans ses cheveux. Shana soupira, mais elle ne le repoussa pas. Elle agrippa même un peu son haut. Elle avait beau se forcer à ne pas y penser, il lui manquait atrocement.

- "Je t'avais dit de ne plus m'approcher…

- Je sais, et je m'y suis tenu jusqu'à présent... alors laisse moi juste une minute…

- Une minute, pas plus, alors."

Elle le sentit sourire tandis qu'il la serrait un peu plus contre son torse. La jeune femme dut se faire violence pour ne pas se laisser happer par son odeur et sa chaleur. Elle aurait voulu rester comme ça pour toujours, mais elle ne pouvait pas.

Il fallait qu'il comprenne. Elle le repoussa finalement doucement, ce qui le fit grogner tout bas.

- "La minute est écoulée…
- Tu es dure avec moi.
- Ne te plains pas, je pourrais faire bien pire.
- Je n'en doute pas…
- À plus tard, Lucifer.
- Hmm... Fais attention à toi.
- Toi aussi."

Elle lui adressa un petit sourire avant de rapidement sortir de la chambre. Il fallait qu'elle s'éloigne de lui sinon elle allait craquer. Son coeur lui faisait mal, mais elle devait accepter cette douleur. Elle avait fait un choix et elle devait s'y tenir.

CHAPITRE DOUZE

Quelques jours plus tard, Shana décida de reprendre l'entraînement. Elle avait encore beaucoup à apprendre, et ça lui permettait de se vider la tête. Quand Kain lui proposa à nouveau d'utiliser des prisonniers, elle hésita, avant de finalement renoncer à cette solution. Il avait raison, elle ne devait pas aller à l'encontre de ses principes. Elle avait déjà changé depuis son arrivée en Enfer, mais elle ne voulait pas devenir quelqu'un qu'elle détesterait. Et puis elle avait plus que bien prouvé qu'elle était capable de maîtriser son pouvoir sanglant lorsqu'elle avait tué les trois concubines. Cet événement pesait toujours sur sa conscience et il lui arrivait de faire des cauchemars dans lesquels elle voyait les visages torturés de ces femmes. Mais même si c'était éprouvant, au moins elle se sentait encore humaine.

Cependant, la grande brune s'efforçait tellement de s'occuper pour ne pas penser qu'elle en venait à négliger sa santé. Elle dormait mal et il lui arrivait d'oublier de manger. Elle avait parfois du mal à rester ancrée dans l'instant présent, comme si elle avait des absences. Ce fut pendant une séance d'entraînement qu'elle atteint finalement sa limite. Elle n'était pas suffisamment concentrée sur l'exercice, si bien qu'elle ne réussit pas à éviter une attaque de Kain, chose qu'elle aurait aisément faite en temps normal. La vague d'énergie la frappa de plein fouet et elle s'écrasa sur le sol, quelques mètres plus loin. Kain se précipita alors à ses côtés et l'aida à se relever.

- *"On arrête pour aujourd'hui.*
- *J'ai rien, c'est bon.*
- *Non. Tu ne vas pas bien, Shana. Ça fait plusieurs jours que je l'ai remarqué mais j'espérais que tu allais te reprendre. On arrête les frais. On ne reprendra pas l'entraînement tant que tu ne seras pas en forme.*
- *Je te dis que je vais bien.*
- *Je suis ton professeur, et ton ami. Tu peux peut-être te voiler la face, mais ça ne marche pas avec moi.*
- *Mais je t'assure que ça va.*
- *Shana... Je ne sais pas ce qui te ronge à ce point, mais tu ne peux pas rester comme ça."*

Il soupira tristement et caressa la joue de la jeune femme. Ce simple geste acheva de faire tomber ses dernières barrières. Elle se mit à pleurer à chaudes larmes, ce qui surpris Kain et le fit quelque peu paniquer. Il la prit dans ses bras et lui frotta le dos tout en la berçant pour la calmer. Ça lui faisait mal de la voir comme ça, et surtout, ça le mettait en colère. Il aurait aimé pouvoir être davantage à ses côtés, pouvoir lui redonner le sourire. Mais ce n'était pas de lui dont elle avait le plus besoin. Il soupira de frustration. Si son rival n'avait pas été Lucifer, il n'aurait pas hésité à la lui voler. Mais là, ce serait du suicide.Il sentit Shana se blottir contre lui et il remarqua qu'elle avait arrêté de pleurer. Elle semblait vraiment épuisée.

- "*Je te ramène à ta chambre.*
- *Non... Je ne veux pas rester toute seule…*
- *Je sais, t'en fais pas. Repose toi.*
- *Hmm...*"

À cet instant, elle ressemblait plus à une petite fille perdue et apeurée qu'à une jeune femme forte et sûre d'elle. Cela brisa un peu plus le cœur du professeur. Il la porta jusqu'à sa chambre, la laissant s'endormir dans ses bras, puis il la coucha. Il déposa ensuite un baiser sur son front.

- "*Tu ne te rends pas compte de ce que tu me demandes de faire pour toi...*"

Kain soupira à nouveau puis il se rendit à la salle du trône de Lucifer, qui lui servait en quelque sorte de bureau. Il demanda une audience avec le Maître des Enfers, qui sembla surpris de le voir.

- "*Tu as l'air en colère, Kain.*
- *Parce que je le suis.*
- *Qu'est-ce qui se passe?*
- *Quand est-ce que vous comptez commencer à prendre soin de Shana?*

*- Ça ne te regarde pas. Mais si tu veux savoir, je lui ai dit que
je réglais le problème des traîtres puis que je me
concentrerais à nouveau sur elle.*

*- Si, ça me regarde, parce que c'est moi qui dois prendre soin
d'elle en attendant. Et que malgré tous mes efforts, ce n'est
jamais suffisant. Parce que je ne suis pas vous.*

- Elle ne peut pas aller si mal que ça…

*- Et pourtant... Je sais que cette histoire de traîtres vous prend
tout votre temps parce que vous ne pouvez pas vous
permettre de passer à côté du moindre détail. Mais est-ce que
vous vous rappelez de la dernière fois où vous avez vu
Shana?*

*- Évidemment, c'est lorsqu'elle est venue me parler des
traîtres.*

- Et c'était quand?

- Il y a une dizaine de jours.

- Non, Monsieur. C'était il y a un peu plus d'un mois.

- Quoi?!"

Lucifer se leva, les yeux écarquillés. Il savait que sa
notion du temps était biaisée à cause de sa très longue
existence, mais il savait aussi ce qu'une telle durée pouvait
représenter pour une humaine. Finalement, Kain n'avait peut-
être pas exagéré en disant que Shana n'allait pas bien.

- "Où est-elle?

- Je viens de la ramener dans sa chambre.

139

*- Bien, préviens les autres que le Conseil d'aujourd'hui est
annulé.*
- Entendu, Monsieur."

Kain sourit légèrement. Même si toute cette situation
était une véritable torture pour lui, il était malgré tout content
pour Shana. Lucifer se bougeait enfin les fesses, même si le
connaissant, ça ne durerait probablement pas longtemps.
Mais c'était déjà mieux que rien.Le Maître des Enfers sortit
rapidement de son bureau et il se rendit dans son ancienne
chambre. Il s'assit ensuite à côté de la grande brune, qui
dormait toujours, ses joues striées de marques roses à cause
de ses larmes.

*- "Je suis vraiment la pire personne de qui tu aurais pu tomber
amoureuse..."*

Il retira sa veste et s'allongea avant de la serrer contre
lui. Il enfouit ensuite son visage dans ses cheveux et laissa sa
douce odeur emplir ses narines. Il s'en voulait, mais il savait
qu'il aurait le plus grand mal à lui demander pardon. Ce n'était
pas dans ses habitudes de s'excuser. Il était le Diable après
tout. Mais comme elle le lui avait dit au cours de leur
précédente entrevue, pour elle il était juste son amant, pas le
Maître des Enfers. Après quelques heures, la jeune femme
commença à bouger. Lucifer ne l'avait pas lâchée une seule
seconde. Elle se frotta les yeux en bougonnant.

- *"Lucifer va te tuer s'il te trouve ici, Kain…*
- *C'est probablement ce que j'aurai fait, en effet."*

En entendant la voix du grand brun, Shana releva la tête. Elle murmura son prénom, les larmes aux yeux, puis elle le serra fort tout en enfouissant son visage dans le creux de son cou. Lucifer sentit son cœur se serrer, comme lorsqu'il lui avait cassé le poignet. Il plissa son nez avant de réussir à articuler.

- *"Shana... Je suis désolé. Je... n'ai pas réalisé qu'autant de temps était déjà passé... Si je m'étais douté que tu allais aussi mal, je serais venu plus tôt.*
- *Je vais bien…*
- *Menteuse.*
- *Non, je veux dire que... maintenant je vais bien..."*

Il sourit en comprenant ce qu'elle voulait dire et déposa un baiser sur sa tête. Il la calina quelques minutes puis lui fit relever la tête. Il l'embrassa à plusieurs reprises avant de froncer les sourcils.

- *"Qu'est-ce qu'il y a?"*

Il se redressa sans lui répondre tout de suite, puis il souleva le t-shirt de la jeune femme, la faisant rougir.

141

- "*Tu as perdu beaucoup de poids, ça ne va pas du tout.*
- *Désolée... Il m'arrive d'oublier de manger...*
- *Il va falloir que tu t'y remettes alors. Déjà que j'avais peur de te casser parce que tu es humaine, là c'est encore pire.*
- *Idiot...*
- *Je suis sérieux, Shana. Il faut que tu manges correctement.*
- *Je le ferai, promis...*
- *Bien. Maintenant allons prendre un bain.*
- *Alors tu as fini ton travail?*
- *Non, mais ça peut attendre demain.*
- *Mais...*
- *Pas de mais.*"

Il la prit dans ses bras et l'emmena jusqu'à la salle de bain. Ils se déshabillèrent tandis que la baignoire se remplissait d'eau. Lucifer en profita pour regarder la grande brune de la tête aux pieds. Elle était toujours aussi belle et attirante mais elle avait commencé à perdre quelques formes, ce qu'il trouvait dommage. Gênée par son regard ardent, Shana se cacha tant bien que mal avec ses bras et ses mains.

- "*Ça ne se fait pas de reluquer les gens comme ça...*
- *Hmm... J'aime te regarder pourtant. Et ne fais pas comme si tu n'en avais pas profité pour me mater aussi.*
- *Je ne vois pas du tout de quoi tu parles!*"

Shana lui tira la langue avant d'entrer dans l'eau avec lui et de se caler entre ses jambes. Elle savourait à fond ce moment. Premièrement parce que le grand brun lui avait atrocement manqué, mais aussi parce qu'à ce moment précis, il était le Lucifer dont elle était tombée éperdument amoureuse. Elle savait que ça ne durerait pas, alors autant en profiter.Ils se lavèrent et restèrent dans le bain un moment, avant d'être obligés de sortir quand l'eau devint froide. Ils se séchèrent et Shana prit la chemise de Lucifer et l'enfila.

- *"Ton odeur m'a manquée…*
- *Cette tenue te rend très sexy…*
- *Tu ne penses vraiment qu'à ça!*
- *Ça fait un mois que je ne t'ai pas vue en même temps.*
- *Alors tu n'as pas été voir tes...?*
- *Non.*
- *Et ça ne va pas poser de problèmes?*
- *Sur le long terme, si. Mais bizarrement depuis que trois d'entre elles ont été tuées, elles se tiennent à carreaux.*
- *Ne me rappelle pas cet événement... J'en fais encore des cauchemars…*
- *Il ne faut pas que tu t'en veuilles, ce n'était pas de ta faute.*
- *Ce n'est pas de la culpabilité que je ressens, elles ont eu ce qu'elles méritaient. Mais... ce sentiment d'horreur... J'ai tué trois personnes... Ce n'est peut-être rien pour toi, mais pour moi…*
- *Je sais... Tu n'es pas comme ça... C'est moi qui aurait dû*

régler ce problème.

- Ce qui est fait est fait. Je finirais bien par m'y habituer....

- Probablement..."

Lucifer déposa un baiser sur le front de la jeune femme puis il partit quelques instants dans ses pensées avant de la regarder d'un air déterminé.

- "Est-ce que je dois avoir peur de ce regard?...

- Non. Habille toi vraiment, je vais me changer aussi.

- Où est-ce qu'on va?

- Au restaurant. Pour me faire pardonner.

- Au restaurant? Mais il n'y en a pas ici... alors on va aller...?

- Sur Terre, oui.

- Mais... ma famille...

- Si on passe seulement quelques heures dans une ville à l'autre bout du monde, ça ne craint rien. Et je serais avec toi.

- D'accord alors!"

La jeune femme afficha un grand sourire et Lucifer se dit qu'elle était encore plus belle comme ça. Il réalisa aussi qu'il la voyait d'ailleurs plus souvent énervée ou triste qu'heureuse. Il retint un soupir et ils se préparèrent chacun de leur côté puis il retourna dans la chambre de Shana afin de les téléporter sur Terre. Une fois sur place, la grande brune regarda autour. Elle n'avait aucune idée de l'endroit où ils se trouvaient.

- *"Bienvenue en Islande.*
- *C'est magnifique…*
- *Je suis content que ça te plaise."*

Il prit sa main dans la sienne et l'entraîna dans un petit restaurant traditionnel. Shana était intimidée. Elle avait l'impression que ça faisait des années qu'elle n'avait pas vu d'humains et elle ne savait plus comment agir. De son côté, Lucifer était très à l'aise. Il était même en train de discuter avec le serveur. Shana se gratta la joue, n'ayant aucune idée de ce qu'ils se disaient. Elle ne connaissait rien à cette langue. Lorsque le serveur partit vers la cuisine, la jeune femme regarda Lucifer.

- *"De quoi est-ce que vous parliez?*
- *J'ai passé la commande pour nous deux.*
- *Comment ça se fait que tu le comprennes?*
- *J'ai participé à la création du langage universel.*
- *Évidemment... Pourquoi je n'y ai pas pensé plus tôt?!"*

La grande brune secoua la tête en souriant. Elle n'arrivait toujours pas à se faire à l'idée que Lucifer avait vécu plusieurs millénaires. Cela la faisait se sentir toute petite, minuscule même. Comment pouvait-il porter son attention sur une créature aussi insignifiante qu'elle? Surtout quand on sait qu'il avait été marié avec une femme aussi forte et magnifique que Lilith. Shana ne lui arriverait probablement jamais à la cheville. Mais elle allait faire de son mieux. Elle posa sa main sur celle du Démon et la caressa doucement quand elle le vit plisser son nez.

- "Qu'est-ce qui te contrarie?
- Tout le monde te regarde.
- C'est toi qu'ils regardent, idiot…
- Hmm…
- Comme si tu ne savais pas que tu es à tomber.
- Bien sûr que je le sais.
- Alors ne fais pas ton jaloux pour rien. Regarde, moi je ne dis rien.
- Donc tu t'en fiches qu'on me mate?
- Tant que c'est sur moi que ton regard se porte, le reste m'importe peu.
- Je crois que je peux comprendre ça.
- Vraiment? Tu es la personne la plus jalouse et possessive que je connaisse pourtant.
- Je peux difficilement le nier.
- Ce serait même de la pure mauvaise foi si tu le faisais.
- Certes... Comment ça se passe avec Kain?
- C'est mon professeur et mon ami, rien de plus. Il l'a bien compris alors ne t'en fais pas pour ça. Je sais que ça lui fait du mal, mais il sait se tenir.
- Tant mieux.
- Il a compris la leçon…

- Je n'y suis pas allé si fort que ça.
- Sans commentaire, Lucifer..."

Il fit une grimace, ce qui la fit rire doucement. Le serveur leur apporta ensuite les plats et ils mangèrent tranquillement. Ils auraient presque pu passer pour un couple normal. Ils dégustèrent ensuite leur dessert et Shana proposa de prolonger le moment en se baladant. Elle voulait voir un peu plus de ce beau pays.Ils sortirent donc du restaurant et déambulèrent dans les rues. Shana se sentait requinquée et elle s'émerveillait de tout ce qu'elle voyait.

- "Voilà une facette de ta personnalité que je ne connaissais pas.
- C'est parce qu'il faut le mériter!"

Elle s'arrêta devant une boutique de souvenirs et regarda dans la vitrine. Est-ce que ce serait étrange de ramener quelque chose de ce voyage en Enfer? Un frisson la parcourut alors et elle se tendit avant de croiser le regard de son frère aîné dans le reflet de la vitre.

- "Qu'est-ce que...?"

Elle n'eut pas le temps de se remettre de sa surprise, Lucifer la plaçant derrière lui, se tenant dans une posture protectrice, ses bras se recouvrant de flammes noires. Sentant qu'il allait attaquer, Shana lui attrapa le poignet sans réfléchir, retenant un cri de douleur quand ses doigts touchèrent les flammes.

- *"Lucifer, ne fais pas ça! C'est mon frère!*
- *Et alors?*
- *Laisse-moi lui parler, s'il te plait!"*

Le Démon lâcha un grognement mécontent mais il se força au calme. Il déchira ensuite le bas de sa chemise pour panser la main de la grande brune, en attendant de pouvoir faire mieux. Shana se tourna ensuite vers son frère et le dégoût qu'elle lut dans son regard la frappa en plein cœur.

- *"Kal…*
- *N'approche pas. Je ne voulais pas y croire quand papa m'a dit que tu étais partie avec le Diable. J'étais persuadé que tu ne nous trahirais jamais... que tu ne passerais pas dans le camp adverse... et pourtant... je dois bien me rendre à l'évidence. À présent nous sommes ennemis.*
- *Ne dis pas ça... Je suis toujours ta petite soeur…*
- *Je ne peux plus te voir comme ça.*
- *J'ai été obligée de partir... notre père voulait me tuer!*
- *Ne me mens pas, Shana. Tu ne fais qu'aggraver ton cas.*
- *Mais... je ne mens pas... Kal, regarde moi dans les yeux, tu verras que je dis la vérité!*
- *Que je plonge mon regard dans tes yeux démoniaques?*

148

*Même pas en rêve. Tu me dégoûtes. Vas t'en. Je te laisse
partir aujourd'hui. Je n'ai suivi ta trace que parce que
j'espérais leur prouver à tous qu'ils avaient tort à propos de toi.
Mais la prochaine fois qu'on se reverra, je te tuerais.*
- Kal…
*- Vas t'en! C'est le dernier geste fraternel que j'aurai à ton
égard, alors pars avant que je ne change d'avis.*
- D-d'accord... Adieu, Kal... Je t'aime..."

Shana se tourna vers Lucifer et elle lui fit un signe de
tête pour qu'il les ramène en Enfer. À peine arrivés, la grande
brune se jeta dans ses bras et fondit en larmes. Elle s'en
fichait d'être détestée par ses parents, sa famille, par la Terre
entière même. Mais son frère... Il lui avait brisé le cœur. Elle
ne lui en voulait pas, elle comprenait sa réaction. Elle aurait
probablement eu la même à sa place. Mais cela n'apaisait en
rien sa douleur. Lucifer était irrité, et quelque peu
décontenancé car il ne savait pas comment calmer la jeune
femme. Il la serrait contre lui, sentant sa chemise être trempée
par ses larmes.

- "Il faut qu'on soigne ta main…
- Plus tard…
- Shana…
*- S'il-te-plait... Je... Je viens de perdre la seule famille qu'il me
restait…*
- D'accord..."

149

Il caressa son dos, un peu perdu. Qu'est-ce qu'elle ressentait à ce moment? La même chose que lui quand il avait perdu Lilith? Il avait ravagé les Enfers ce jour-là. Il avait déchaîné sa colère et son désespoir. Il sentait Shana trembler comme une feuille dans ses bras. Une fois de plus, elle lui sembla être aussi fragile qu'une poupée en porcelaine. Il avait peur qu'elle ne tombe en morceaux. Mais à son grand soulagement, elle finit par se calmer. Elle se frotta les yeux puis releva lentement la tête.

- *"On peut y aller..."*

Lucifer acquiesça et l'emmena auprès d'un démon qui avait des pouvoirs de guérison semblables à ceux de Kain. Mais ça ne surprenait pas la jeune femme que le Démon ait préféré la mener auprès de quelqu'un d'autre que son professeur. Kain se serait sûrement dit que Lucifer s'en était à nouveau pris à elle, alors que ce n'était pas le cas. Elle regarda sa blessure disparaître progressivement puis elle remercia son soigneur avant de reporter son attention sur le Maître des Enfers.

- *"Ne fais pas cette tête, j'ai quand même beaucoup aimé passer cette journée en ta compagnie...*
- *Moi aussi. Mais je crois qu'on a vu suffisamment de monde pour aujourd'hui. Retournons dans la chambre.*
- *Je suis d'accord..."*

150

Ils retournèrent donc dans la chambre de la jeune femme et elle sourit doucement en voyant Lucifer se laisser tomber lourdement sur le lit.

- "Ça t'a épuisé à ce point de faire le parfait petit-ami toute la journée?
- Apparemment!"

Shana le rejoignit sur le lit et s'assit sur son bassin. Elle posa ensuite ses mains sur son torse et le regarda en souriant. Elle déboutonna lentement la chemise du grand brun et se pencha pour déposer des baisers sur son torse.

- "Je sais que tu aimes avoir le contrôle mais est-ce que tu peux me laisser commencer pour une fois?
- Je ne peux pas dire non quand je vois ce genre d'éclat dans tes yeux.
- J'espérais que tu dises ça."

Shana le fit se relever pour lui retirer totalement sa chemise. Elle appuya doucement sur son torse pour le faire s'allonger à nouveau avant de parsemer sa peau de baisers, retraçant le contour de ses muscles. Elle le sentait parfois frissonner, ce qui la faisait sourire. Tout en continuant d'embrasser sa peau, elle déboutonna son pantalon. Lucifer grogna tout bas, mais il ne bougea pas pour autant. Il était certes impatient, mais il était surtout curieux de voir ce qu'allait faire la jeune femme. Shana baissa ensuite un peu le pantalon et le boxer du Démon, juste assez pour libérer son membre déjà au garde à vous. Elle passa délicatement ses doigts sur toute la longueur de l'érection, le rouge lui montant aux joues. Elle déglutit avant de déposer un baiser sur le gland de l'homme, ce qui fit soupirer d'aise ce dernier.

- "J'ai bien fait de te donner la permission de continuer.
- Hmm... Je... C'est la première fois que je fais ça, alors si je m'y prends mal, dis le moi."

Shana avait marmonné sous la gêne. Elle était à présent rouge jusqu'aux oreilles. Lucifer sourit et passa sa main dans ses cheveux pour l'encourager.- "Je suis sûr que tu vas très bien t'en sortir."La grande brune acquiesça timidement puis elle titilla le sexe du Démon avec la pointe de sa langue tandis qu'elle massait ses bourses. Même si en théorie elle savait ce qu'elle devait faire, en pratique c'était bien différent. D'autant plus qu'elle ne pouvait s'empêcher de se dire qu'elle ne serait jamais à la hauteur des concubines. Elle tâchait cependant de se rassurer en se rappelant que Lucifer lui avait dit qu'il n'avait pas à se plaindre de leurs ébats. En tout cas, une chose était sûre, vu la taille du membre du Démon, il n'y avait aucune chance pour que la jeune femme puisse le prendre en entier dans sa bouche, même si elle faisait de son mieux. Elle se laissait guider par les grognements de son amant et par les instructions qu'il lui donnait de temps à autres. Elle sentait l'érection palpiter dans sa bouche et le souffle haché du grand brun lui indiquait qu'elle s'en sortait mieux qu'elle ne l'aurait pensé.

- *"Shana... arrête..."*

La jeune femme releva lentement la tête, respirant chaudement. Elle affichait un air coupable, comme si elle avait fait une bêtise, ce qui fit sourire Lucifer.

- *"Ne fais pas cette tête, je ne t'ai pas demandé d'arrêter parce que t'y prenais mal. Au contraire même. Mais j'avais pas envie de jouir dans ta bouche.*
- *A-ah... d'accord... Tu m'as fait peur."*

Elle retrouva le sourire avant de lâcher un petit cri de surprise quand Lucifer bougea pour la plaquer sur le matelas. Elle comprit alors qu'il allait reprendre les rênes, et elle le laissa faire. Elle avait envie de lui, envie qu'il la fasse sienne. Et il n'allait pas s'en priver. Cependant, Shana sentit qu'il agissait différemment de d'habitude. Il se faisait presque doux, ce qui ne lui ressemblait pas du tout. Apparemment, il voulait continuer à jouer au petit-ami idéal, pour clôturer cette journée en beauté. Ils couchèrent donc ensemble, à plusieurs reprises, comme à chaque fois. Et Shana finit au bord de l'évanouissement, comme à chaque fois. Mais elle était comblée. D'autant plus lorsqu'elle se réveilla et que Lucifer était encore là. La grande brune sourit et s'allongea un peu plus sur ce corps chaud qu'elle aimait tant. Elle caressa son torse en soupirant d'aise avant de relever un peu la tête quand il caressa sa joue.

- "Salut, toi…
- Bonjour, bel homme…
- Tu as bien dormi?
- J'avais pas aussi bien dormi depuis longtemps... D'habitude le lit est froid et trop grand…
- Je vois ce que tu veux dire... Tu veux qu'on recommence à partager cette chambre?
- Hmm... Oui, je crois que tu l'as mérité... Même si je sais que je ne dois pas m'habituer à me réveiller à tes côtés.
- Pas pour le moment, en effet... Mais j'en ai bientôt fini avec les traîtres.
- D'accord…
- En attendant, tu dois prendre soin de toi.
- Je sais, je te l'ai promis..."

Shana sourit et embrassa son amant avant de se redresser. Elle s'étira de tout son long avant d'essayer de remettre ses cheveux en place. Elle cligna ensuite des yeux avant de regarder Lucifer.

- "Je suis trop bête!
- Pourquoi tu dis ça?

- Je me disais que tu avais été doux pour bien finir la journée, mais en fait c'est parce que j'ai perdu du poids et que tu avais peur de me casser, pas vrai?

- ... J'avais espéré que tu ne l'aurais pas remarqué..

- Hmm... Je vais me gaver comme une oie pour que tu n'aies pas à te retenir alors!

- Ça veut dire que tu n'as pas aimé?

- Bien sûr que si! Mais je ne veux pas que tu me vois comme une petite chose fragile…

- J'ai compris que tu étais bien plus forte qu'on ne le pensait tous les deux.

- Ah oui? À quel moment tu t'en es rendu compte? Quand j'ai... tué les...?

- Non... Quand tu t'es mise en colère parce que je m'en étais pris à Kain et que je t'avais blessée.

- Ah bon?...

- Oui... Peu de gens osent me tenir tête de la sorte. Et bizarrement, j'apprécie cette sensation. Enfin, seulement parce que c'est toi.

- Eh bien... Voilà qui est intéressant... Je prends note de ces informations…

- Ne commence pas à te mettre des idées bizarres en tête.

- Trop tard!"

Shana rit puis se leva pour aller réceptionner son petit-déjeuner. Elle mangea ensuite tout en regardant Lucifer s'habiller.

- "Tu es encore en train de me mater.
- Mais non, j'imprime ton image dans mon esprit, c'est différent.
- Qu'est-ce qu'il faut pas entendre, franchement?"

Lucifer secoua la tête puis il déposa un baiser sur le front de la jeune femme. Il lui annonça qu'il était temps qu'il aille travailler. Mais Shana ne perdit pas le sourire pour autant. Elle était de bonne humeur. Pour le moment, elle arrivait à ne pas penser à ce qui s'était passé avec son frère. Elle alla ensuite se préparer pour aller s'entraîner avec Kain. Elle le rejoignit donc dans la grande salle, ce qui la fit quelque peu descendre de son nuage.

- "Eh bien... Qui eut cru qu'une journée suffirait à te remettre sur pieds?
- Je... J'ai passé une très bonne journée. Merci d'être allé chercher Lucifer... Je sais que c'était dur pour toi.
- Ce qui compte, c'est que toi tu ailles bien. Tu te sens d'attaque pour l'entraînement?
- Oui, il faut que... je devienne plus forte…
- Pour quelle raison?
- Eh bien... On a croisé mon frère hier... et... je sais pas... j'ai senti... que je devrais me battre pour ma vie, à un moment ou un autre.
- Je vois. On va travailler sur ça alors. Mais sache que tu n'es pas seule.

- Je le sais... Mais je ne pourrais pas toujours compter sur vous. Et puis... c'est ma famille alors... je préférerais m'en occuper moi-même, dans la mesure du possible.

- Même si tu dois les affronter?

- J'ai parfois l'impression que je me suis entraînée à ça toute ma vie…

- Qu'est-ce que tu veux dire?

- J'ai toujours voulu leur montrer que j'étais meilleure qu'eux, plus particulièrement mon
père, qui n'est pas mon père d'ailleurs…

- Oui, tu m'as déjà parlé de ça. Ça ne te rend pas curieuse?

- À propos de quoi?

- De ton vrai père.

- Pourquoi je devrais m'intéresser à un mec qui a abusé de ma mère après l'avoir enlevée?!

- Pas à lui en tant que personne, mais à ses pouvoirs. Tu m'as dit que c'était un puissant mage guerrier après tout.

- Alors quoi? Tu veux que j'aille le voir et que je lui dise salut papa, c'est moi, ta fille. Tu pourrais m'expliquer comment optimiser mes pouvoirs?

- Présenté comme ça... C'était juste une proposition, ne t'énerve pas. Oublions ça et reprenons l'entraînement.

- Il vaut mieux, oui."

Kain acquiesça et ils se mirent en position. Ils débutèrent un combat, le professeur poussant son élève dans ses derniers retranchements. Le fait d'avoir irrité Shana fut

157

plutôt bénéfique, car cela avait augmenté sa motivation. Et il était également important qu'elle apprenne à se battre tout en gardant le contrôle de ses émotions. Surtout si elle devait un jour affronter les membres de sa propre famille. À la fin de l'entraînement, Kain fut même obligé de pousser ses pouvoirs lui aussi. Il avait rarement eu une élève aussi douée. Si ça continuait comme ça, dans quelques mois il ne pourrait plus suivre le rythme. Ils finirent par se laisser tomber sur le sol, haletant.

- *"Tu as beaucoup progressé, Shana.*
- *Je t'avoue que je suis plutôt fière de moi pour le coup. J'ai bien vu que j'ai failli gagner!*
- *N'importe quoi. Je te laisse juste exploiter tes pouvoirs au maximum.*
- *Si tu veux te dire ça, libre à toi!",* répliqua Shana en riant.

Ils prirent le temps de reprendre leur souffle puis ils se levèrent d'un même mouvement.

- *"Je suppose que tu veux retourner dans ta chambre à présent.*
- *Non, je ne suis pas pressée. Lucifer ne va probablement pas rentrer ce soir. Il a du travail à rattraper vu que je l'ai monopolisé toute la journée d'hier.*
- *Ce n'est pas faux. Qu'est-ce que tu veux faire du coup?*
- *Hmm... Je ne sais pas trop... Tu as quelque chose à me*

proposer?
- Peut-être bien... Suis-moi."

Shana leva un sourcil interrogateur mais elle acquiesça et suivit son professeur. Il l'emmena dans un coin où il y avait beaucoup de démones. La jeune femme n'était pas à l'aise, mais elle n'osait pas se approcher de Kain de peur de susciter à nouveau la jalousie de ces créatures.

- "Kain... Je ne crois pas que Lucifer approuverait que tu m'emmènes ici...
- Je le sais, mais au final, il me remerciera.
- Te remercier? Pourquoi donc?
- Tu vas vite comprendre."

Une fois de plus, Shana lui lança un regard interrogateur, auquel il ne répondit pas. Ils continuèrent de marcher encore quelques minutes, puis Kain frappa à une porte. Une magnifique démone blonde vint ouvrir et elle afficha un immense sourire en découvrant le professeur.

- "Kain, ça fait tellement longtemps! Tu es toujours aussi beau!
- Merci, Alouh. Tu es toujours aussi sublime.
- Qu'est-ce qui me vaut le plaisir de ta visite?
- J'ai un service à te demander.
- Tu as conscience que je ne fais jamais rien sans compensation?

- *Évidemment. On parlera du prix plus tard.*
- *Alors en quoi puis-je t'aider?*
- *Je voudrais que tu fasses une tenue pour cette jeune femme.* "

Alouh porta son attention sur Shana et elle l'analysa de la tête aux pieds, ce qui fit rougir la grande brune. La démone regarde à nouveau Kain. Elle semblait contrariée.

- *"Ma réponse est non. Je ne ferais rien.*
- *Pourquoi ça?*
- *Parce qu'il est hors de question que je travaille pour une misérable humaine.*
- *Je double le prix. Non, je triple le prix mais en plus tu dois promettre de ne parler d'elle à personne.*
- *Tu es vraiment prêt à payer autant pour elle?*
- *Oui. Alors on a un accord?*
- *Oui, même si ça ne me plaît pas du tout. Je vais faire de mon mieux, mais je ne suis pas sûre de pouvoir faire grand-chose avec une fille pareille.*
- *Je te fais confiance.*
- *Hmm. Allez, suis-moi, l'humaine. Je vais m'occuper de toi comme il se doit.* "

Shana les regarda tour à tour. Elle était complètement perdue. Elle n'avait absolument rien compris à leur conversation. Kain lui fit signe de la tête pour l'inciter à entrer, ce qu'elle fit timidement. La chambre était grande et luxueuse. Tout un côté du mur était recouvert de costumes en cuir ou en latex, extrêmement révélateurs et sexy, tandis qu'un autre côté de la chambre était une sorte d'atelier.

- *"Bien, l'humaine, mets-toi en sous-vêtements.*
- *Pardon?!*
- *Je dois prendre des mensurations.*
- *Mais…*
- *Dépêche-toi, je n'ai pas que ça à faire."*

Shana déglutit et se sentit rougir tandis qu'elle retirait ses vêtements. Elle remarqua que Kain avait tourné la tête pour lui laisser son intimité. La jeune femme rougit encore plus quand la démone s'approcha pour prendre ses mesures.

- *"C'est pas si mal. On va peut-être pouvoir faire quelque chose de toi finalement.*
- *Faire quelque chose de moi?*
- *Chut, ne parle pas, ça m'empêche de me concentrer."*

Shana fit la moue mais elle n'ajouta rien. Elle regarda Alouh s'activer avec ses costumes en cuir. Elle finit apparemment par trouver son bonheur car elle afficha un sourire en coin, ce qui rassura encore moins la grande brune. Elle enfila la tenue sans grande conviction, d'autant plus que la démone lui avait fait retirer son soutien-gorge. Un miroir fut ensuite placé face à elle, et Shana se décomposa. Elle portait à présent un corsage en cuir fait de lanières, qui faisait ressortir sa poitrine comme jamais. Elle avait une culotte en dentelle noire très échancrée, ce qui expliquait qu'elle ait pu garder sa propre culotte en dessous, et des porte-jarretelles en cuir, avec d'autres lanières entremêlées. C'était la tenue la plus osée qu'elle ait jamais vue. Elle ne se sentait pas du tout à l'aise.

- *"K-Kain... Qu'est-ce que ça veut dire?...*
- *Tu semblais vouloir faire en sorte qu'il revienne plus souvent auprès de toi. Je peux*
t'assurer qu'il va adorer.
- *Mais... ce n'est pas moi, ça..."*

Kain tourna enfin la tête vers son élève et sa mâchoire faillit se décrocher. Elle était à se damner. Il avait plus qu'envie de se l'approprier, de l'embrasser et bien plus encore. Shana vit le désir dans ses yeux et elle recula d'un pas, ce qui aida le démon aux cheveux rouges à se reprendre.

- *"Dis toi que ce sera comme un jeu de séduction, ou un jeu de rôle...*
- *J'ai l'impression d'être une concubine... Ça ne me plaît pas du tout... Je ne veux pas faire ça..."*

Shana retira la tenue puis elle remercia Alouh pour son travail, tout en s'excusant de ne pas pouvoir accepter. Elle se rhabilla puis sortit rapidement de la chambre de la démone avant de prendre le chemin de sa propre chambre. Kain la rejoignit et il attrapa son poignet pour la forcer à s'arrêter.

- *"Shana, attends.*
- *Laisse-moi tranquille, Kain. Merci d'avoir voulu m'aider, mais j'ai envie d'être seule maintenant.*
- *Je ne pensais pas que tu le prendrais aussi mal.*
- *Ah oui? Et à quoi tu t'attendais au juste?*
- *À ce que ça te plaise et que tu puisses être heureuse comme tu l'étais ce matin après avoir passé la journée avec lui.*
- *Et donc, ton moyen pour le faire rester à mes côtés, c'est de me transformer en catin? Tu crois que je ne peux pas le faire rester sans vendre mon corps? C'est comme ça que tu me vois? Eh bien merci, tu aurais difficilement pu me dégrader plus que ça.*
- *S-Shana... Ce n'était pas du tout mon intention.*
- *J'ai vu ton regard, Kain. Vous les démons, vous êtes tous les mêmes. Les femmes ne sont rien d'autres que des objets pour vous. Et dire que je pensais que toi tu étais différent…*
- *Je ne te vois pas comme un objet! Je n'y peux rien si tu es désirable, avec ou sans cette tenue.*
- *Tu parles d'une façon de te défendre. Tu comprends vraiment rien. Même Lucifer est capable de voir ce que j'attends de lui. Contrairement à toi, apparemment. Tu crois*

vraiment que j'avais envie que tu interviennes dans ma vie sexuelle comme ça? Que j'avais envie que tu me vois dans cette tenue?

- J'ai compris. Je suis désolé, Shana... Je resterais à ma place de professeur et d'ami.

- Juste de professeur. Un véritable ami n'aurait jamais agi de la sorte. J'ai conscience de tout ce que tu as fait pour moi jusqu'à présent, et je t'en remercie. Mais maintenant ça suffit.

- Si c'est ce que tu veux..."

Kain soupira longuement et il lâcha le poignet de la jeune femme. Elle lui lança un dernier regard noir avant d'entrer dans sa chambre en claquant la porte. Elle sursauta ensuite en se retrouvant nez-à-nez avec Lucifer, qui sortait de la douche, une serviette autour de la taille.

- "Tu as l'air d'être d'une humeur massacrante, ma belle.

- Je ne veux pas en parler.

- Je vois... Moi qui pensais que tu serais contente de me voir.

- Je le suis, désolée..."

Shana s'efforça de sourire et elle vint embrasser le grand brun. Il l'attira contre lui avant de grogner tout bas.

- "Je crois avoir une idée de pourquoi tu étais en colère. Qu'est-ce que tu as été foutre chez une démone de seconde zone comme Alouh?

- Comment tu sais que j'y suis allée?

- Son parfum empeste et il te colle à la peau.

- Je vais aller prendre une douche alors.

- Ça ne répond pas à ma question.

- Je t'ai dit que je ne voulais pas en parler.

- Shana.

- Oui, mon amour?

- Faire la mignonne ne te sortira pas de cette situation.

- Dommage, j'aurais au moins essayé. Mais il n'y a rien à dire. C'est réglé. Tu n'as pas à t'inquiéter.

- Tu as peur que je me mette en colère, c'est ça?

- Oui... et ce serait idiot, parce que je l'ai déjà fait…

- Ça ne me plait pas que tu aies des problèmes avec des démons.

- Je sais... mais ça va... Tu as déjà suffisamment de choses à régler.

- Nous avons attrapé le dernier traître tout à l'heure.

- C'est une bonne nouvelle ça!

- Oui. Ils vont tous être exécutés demain.

- O-oh... D'accord…

- Demain, il ne faudra que tu sortes de cette chambre sous aucun prétexte, c'est bien compris? Les exécutions échauffent toujours les esprits. Donc tu t'enfermeras et tu n'ouvriras à personne d'autre que moi, d'accord?

- Tu me fais peur…

- Ce n'était pas mon intention.

- Je sais..."

Shana sourit et l'enlaça. Ils allaient peut-être se voir un peu plus dorénavant. La grande brune hésita un peu avant de demander timidement, sans oser relever la tête.

- "Dis moi, Lucifer... Est-ce que... tu me trouves sexy? Ou bien est-ce que ça te plairait si... je mettais une tenue osée?...
- Si tu parles d'une des tenues de Alouh, non, ça ne me plairait pas. J'aime quand tu es toi... ou que tu portes l'une de mes chemises. Ça, c'est bandant. Et si quelqu'un te dit que tu as besoin de plus, soit il a de la merde dans les yeux, soit c'est un con.
- Merci... Tu ne sais pas à quel point j'avais besoin de t'entendre dire ça…
- Ne laisse pas les démons avoir une mauvaise influence sur toi. Si tu deviens comme eux, tu n'auras plus rien d'intéressant.
- Tu es le seul démon qui peut m'influencer.
- Tu me fais plus changer que l'inverse.
- Ah oui? C'est vrai que tu changes petit à petit... Mais tu le fais de ton plein gré, non? Ou tu le regrettes?
- Bien sûr que non, sinon je ne le ferai pas.
- Tant mieux alors."

Shana se sentait plus légère, même si elle était toujours frustrée de s'être disputée avec Kain. Mais il l'avait beaucoup déçu.

- "Shana.
- O-oui?
- À qui tu penses alors tu es collée contre mon corps nu?
- À personne!
- Tu sais que je n'aime pas quand tu me mens. À moins que tu veuilles que je te punisse. Tu avais apprécié la dernière fois.
- Mais... non... Je veux juste passer un bon moment avec toi.
- Donc ce ne serait pas un bon moment?
- Tu sais ce que je veux dire! Arrête de m'embêter sinon c'est moi qui te punis!
- Tu n'oserais pas.
- Tu veux parier?"

Shana lui lança un regard plein de défi avant de se souvenir à quel point Lucifer détestait être dominé. La panique la gagna alors et elle allait s'excuser quand Lucifer laissa échapper un rire et caressa ses cheveux.

- "Détends-toi, je veux juste passer une soirée tranquille avec toi avant d'encaisser la journée de demain.
- Hmm... Alors, soirée spa!
- Soirée Spa? Qu'est-ce que c'est?
- Fais-moi confiance! Je peux faire une liste pour que

quelqu'un aille chercher ce dont j'ai besoin sur Terre?
- Fais-toi plaisir."

La grande brune sourit grandement puis elle se mit à écrire sa liste, faisant en sorte que Lucifer ne puisse pas voir. Elle donna ensuite la liste à un démon avant de s'asseoir sagement dans un fauteuil.

- "Un jour, il faudra que je te dessine.
- Tu as déjà fait un portrait de moi.
- Je sais, mais je n'ai pas fait de dessin de toi entier.
- Tu veux faire un nu?
- Je ne sais pas si j'arriverais à dessiner ton magnifique pénis.
- Tu commences à bien le connaître, pourtant.
- Oui, mais il faudrait que je l'observe plus longuement quand même, pour être sûre de lui rendre justice.
- Tu n'étais pas aussi coquine quand on s'est rencontrés.
- À qui la faute?
- Je plaide coupable."

Ils rirent de bon cœur et, quelques minutes plus tard, le démon coursier revint avec les achats de Shana. Elle vérifia le contenu du sac et sourit.

- "C'est parfait! Allonge-toi sur le ventre.
- Okay..."

Lucifer restait sceptique car il n'avait aucune idée de ce que sa compagne allait faire, mais il s'installa malgré tout sur le lit. Shana s'assit sur le haut des cuisses du Démon puis elle mit de l'huile de massage sur ses mains. Elle entreprit alors de délasser le dos musculeux du grand brun.

- *"Ferme les yeux et détends toi. Tu es tendu de partout.*
- *Je vais essayer."*

Shana déposa un baiser sur sa nuque avant de continuer son massage, s'attardant davantage sur les zones noueuses. Il fallut du temps mais Lucifer finit par se détendre complètement. Elle lui demanda ensuite de se tourner afin qu'il soit sur le dos. Elle lui appliqua un masque sur le visage pour apaiser sa peau avant de masser son torse et ses épaules.

- *"Qu'est-ce que tu me fais faire, franchement…*
- *Chut, profite... Pour une fois que c'est moi qui peut prendre soin de toi."*

Lorsque Shana termina ses soins, le grand brun somnolait. Elle rangea ses affaires et se lava les mains puis elle se coucha à ses côtés.

- *"Comment tu te sens?*
- *Incroyablement bien... Merci…*
- *J'espère que ça va t'aider à être plus serein pour faire face à*

la journée de demain…
- Nous verrons bien."

Il entoura ses bras autour de la jeune femme puis il déposa un baiser sur son front avant de soupirer d'aise, se laissant lentement tomber dans les bras de Morphée.

CHAPITRE TREIZE

Lucifer se leva tôt, faisant le moins de bruit possible pour ne pas réveiller la grande brune. Il alla prendre une douche, réceptionna le repas de Shana, puis il commença à se préparer. Il n'aimait pas particulièrement les exécutions, surtout quand il s'agissait de démons supérieurs. Ça lui ferait de bons éléments en moins si une guerre éclatait à nouveau. Mais il devait faire de leur cas un exemple et montrer qu'il était toujours digne d'occuper son trône. Une fois prêt, il s'assit au bord du lit et caressa la joue de Shana pour la réveiller en douceur.

- "Je dois y aller. Tu te rappelles de mes instructions?
- Hmm... Oui... Je dois verrouiller la porte... et n'ouvrir à personne d'autre que toi, répondit Shana en baillant.
- Bien. Si tout se passe bien, on se voit ce soir.
- D'accord..."

La grande brune répondit à son baiser en souriant puis elle se leva pour fermer la porte à clé derrière lui avant de se laisser retomber sur le lit. Un peu plus tard, elle mangea tranquillement avant de s'habiller. Ne pouvant pas du tout sortir, elle décida de dessiner pour s'occuper. Elle fut cependant interrompue quelques heures plus tard par des bruits en provenance du couloir. Elle releva la tête et fronça les sourcils. Le chaos commençait à régner. Elle pouvait à présent entendre des bruits de combat, des cris, des hurlements de douleur. C'était terrifiant. Elle s'assit dans un coin et plaqua ses mains sur ses oreilles pour essayer d'atténuer le bruit. Mais ce n'était pas suffisant. Elle se mit à chantonner pour se rassurer. Son cœur battait à tout rompre. Elle réalisait à nouveau ce que ça signifiait de se trouver en Enfer.

Shana ne savait pas combien de temps était passé. Elle avait perdu la notion du temps, happée par sa peur. Elle sursauta lorsque quelqu'un frappa à la porte violemment, retenant de justesse un cri. Elle hésita à se lever mais ne le fit pas. Lucifer lui aurait parlé, l'aurait rassurée pour qu'elle ouvre. Mais la personne dans le couloir tambourinait en criant. Shana regardait la porte. Le bois commençait à faire des craquements inquiétants. Il allait finir par céder. La grande brune se leva finalement. Elle avait gagné en puissance, mais elle avait peur. Elle ne savait pas de quel niveau était le démon de l'autre côté, et surtout, elle ne savait pas s'il était seul. Elle ne voulait pas se battre, elle ne voulait pas tuer à nouveau, mais si l'intru réussissait à entrer, elle n'aurait pas d'autre choix que de se défendre.

Elle ne put finalement pas retenir son cri quand la porte finit par voler en éclats. Les jambes tremblantes, elle regarda le démon qui lui faisait face. Il avait une énorme cicatrice sur le visage qui le défigurait. La moitié de ses cheveux était brûlée. Il avait des traces de coups sur tout le corps et était recouvert de sang. Il était pratiquement nu. Shana tressaillit quand il posa son regard sur elle. Il avait l'air d'un fou.

- "Q-qui êtes vous?
- Celui qui va te tuer.
- Mais pourquoi? Je ne vous connais même pas!
- Mais pourquoi pas? Notre plan a échoué. Je vais mourir de toute façon. Le Maître ne sera pas détrôné. Mais je peux quand même le punir. J'ai tué toutes ses concubines. Et puis je me suis rappelé que certains avaient dit qu'il gardait un oisillon dans une cage dorée. C'est toi qui va m'aider à laisser une trace indélébile dans son cœur. Même s'il nous aura tous tués, il n'aura pas gagné pour autant.
- Vous êtes un grand malade... Mais je ne vais pas vous laisser faire.
- J'espère bien. C'est plus jouissif si la proie se débat. Je vais prendre tellement de plaisir à dévorer ton âme après ça."

Shana aurait voulu lui dire de se taire, mais au fond, ça l'arrangeait qu'il parle autant. S'il avait réussi à échapper à son exécution, il devait être recherché. Peut-être que si elle gagnait encore un peu de temps, quelqu'un viendrait la

173

sauver. Mais l'Enfer était immense en même temps. Alors peut-être qu'il faudrait plusieurs heures pour qu'on les retrouve.

Shana faisait de son mieux pour ne pas laisser la peur prendre le dessus. Elle devait garder la tête froide. Elle prit alors une profonde inspiration et se mit en position de combat. Le sourire du démon changea alors quelque peu, devenant encore plus effrayant.

- *"Je reconnaîtrais cette position entre mille. Tu es l'élève de Kain, l'un des toutous de Lucifer. Pourtant tu n'es qu'une petite humaine. Ça prouve que j'ai raison de penser que rien ne va plus ici."*

Il fit rouler ses épaules comme s'il s'échauffait. Il allait passer à l'attaque d'une seconde à l'autre. Shana commença à réveiller ses pouvoirs. Elle ne voulait pas attaquer la première, mais ne sachant pas de quoi était capable le démon supérieur, elle ne pouvait prendre aucun risque. Elle créa une barrière électrique autour d'elle puis elle lança des vagues de son pouvoir sanglant en direction de l'homme. Mais ça ne semblait pas l'affecter. Il laissa même échapper un rire gras.

- *"Ça chatouille ton truc. C'était censé me tuer?"*

Shana fronça les sourcils. Elle ne comprenait pas. Elle était sûre que le problème ne venait pas d'elle. Elle dirigea ses éclairs vers l'homme, y mettant toute sa puissance. Mais une fois de plus, sa seule réaction fut de rire.

- *"Que tu es mignonne. Mais tu te doutes bien que si j'ai réchappé à mon exécution, une petite chose comme toi ne peut rien me faire."*

La grande brune sentit son estomac se nouer. Elle ne voulait pas mourir comme ça. Pas sans même pouvoir essayer de se défendre. Elle eut alors une idée. Elle souleva son t-shirt. Si Lucifer n'avait pas décidé d'y aller doucement lors de leurs derniers ébats, les marques qu'il lui aurait faites lui auraient permis de ressentir sa peur. Mais peut-être que si elle se concentrait suffisamment, elle pouvait y arriver. Elle posa ses doigts sur une marque de griffures sur sa hanche et commença à appeler mentalement Lucifer. Elle tâchait de faire le vide, de se concentrer uniquement sur son amant, même si elle ne quittait évidemment pas du regard le démon.

- *"Qu'est-ce que tu fais, gamine? Aucun de tes trucs ne peut m'atteindre.*
- *Je sais, je l'ai compris. Je ne suis pas idiote.*
- *Alors abandonne. Peut-être même que je me montrerais clément et que je t'offrirais une mort rapide finalement.*
- *Je ne crois pas, non. Je ne peux peut-être pas vous*

atteindre, mais je connais quelqu'un qui le peut.
- Sauf qu'il arrivera trop tard. Ce qui sera encore plus
amusant."

Le démon fit un pas en avant et Shana recula, collant son dos contre le mur. Elle lança d'autres attaques sur le démon, espérant que ça le ferait au moins s'arrêter. Mais il s'en fichait royalement. La grande brune se mordit la lèvre inférieure, le cœur battant. Elle n'avait aucune façon de savoir si Lucifer avait reçu son appel.

- "Dix secondes... En dix secondes... Ça peut le faire…
- De quoi est-ce que tu parles, gamine?"

Shana prit une profonde inspiration puis elle se mit à crier, utilisant ses pouvoirs pour amplifier sa voix. Le démon grogna et se boucha les oreilles. Il était encore plus en colère à présent, mais ça n'avait pas d'importance. Elle avait commencé à faire le décompte mentalement. Son cauchemar allait bientôt se terminer.

- "Je ne sais pas qui tu as essayé de prévenir, mais aucun
pouvoir ne me blessera.
- J'ai un ami qui n'a pas besoin de pouvoirs pour te tuer."

L'homme haussa un sourcil tandis que des cris se firent à nouveau entendre, mêlés à des grognements bestiaux effrayants et des pas lourds. Shana soupira de soulagement, ne baissant pas sa garde pour autant tandis que le démon se tournait vers la porte. Ses yeux s'écarquillèrent quand il vit Cerbère apparaître dans le couloir. En moins de temps qu'il ne faut pour le dire, le chien des enfers agrandit l'entrée d'un coup de patte puis l'une de ses trois têtes attrapa le démon entre ses crocs, le réduisant en bouillie comme si ses os n'offraient pas la moindre résistance. L'homme n'avait même pas crié, bien trop sous le choc pour ça. Shana retira sa barrière magique puis elle se précipita vers cerbère pour l'enlacer, un sanglot lui échappant.

- *"Merci... Merci d'être venu aussi vite... Tu es un bon chien... Un très bon chien..."*

Elle se frotta les yeux en reniflant avant de sourire quand le chien lui lécha le visage. Il se baissa pour la laisser grimper sur son dos et elle hésita un peu avant de le chevaucher, s'accrochant à son collier.

- *"Où est-ce que tu m'emmènes ?"*

Le chien fit demi-tour et la jeune femme reconnut la route qu'elle avait prise avec Kain quand ils avaient été chez Alouh. Cerbère bifurqua à un moment et ils se retrouvèrent sur la place où avaient eu lieu les exécutions. Une odeur de mort emplissait les lieux. C'était insoutenable. Shana entendit la voix de Lucifer, mais elle resta cachée dans le pelage épais de son ami canidé.

- *"Cerbère, qu'est-ce que tu fais là ? Et comment est-ce que tu es sorti de ta cage?"*

Cerbère ouvrit la gueule, laissant tomber quelques restes du démon supérieur. Lucifer grimaça mais tapota sa tête.

- *"C'est bien mon grand. Mais ça ne me dit pas ce que tu fais hors de ta cage. Connaissant Baldec, il n'aurait pas été assez stupide pour s'y aventurer."*

Cerbère regarda les démons présents sur place puis il se pencha légèrement pour que seul son maître, qui était tout près, puisse voir la tête brune à peine visible au milieu de son pelage.

- *"Je comprends mieux... Merci mon grand. Retourne dans ta cage à présent. Je t'y rejoins dès qu'on aura mis fin à tout ce bordel."*

Le gardien des enfers donna une grosse léchouille à Lucifer avant de rentrer sagement. Il était clairement fier de lui, sa queue battant l'air, heurtant parfois de pauvres démons qui ne s'écartaient pas suffisamment.

178

Lucifer ne les rejoignit finalement que deux heures plus tard. Shana était assise contre le flanc de Cerbère, les bras croisés.

- "Pourquoi est-ce que j'ai l'impression que tu m'en veux?
- Parce que c'est le cas!
- Qu'est-ce que j'ai fait ?...
- Le problème c'est ce que tu n'as pas fait ! J'ai essayé de t'appeler à l'aide, mais les marques n'étaient pas assez nombreuses. J'ai failli mourir juste parce que tu as refusé de me baiser comme il se doit!"

Lucifer cligna plusieurs fois des yeux avant d'éclater de rire. Même si elle aurait pu mourir et qu'elle avait eu la peur de sa vie, Shana restait Shana. Lucifer vint la prendre dans ses bras et frotta son dos. Finalement, il était content qu'elle lui ai désobéi et qu'elle soit devenue proche de son chien.

- "L'avantage c'est que je n'aurais plus de raisons d'être jalouse.
- Pourquoi tu dis ça ?
- Apparemment ce... Baldec, a tué tes concubines…
- ... Il a fait quoi?!
- Euh... Bah... C'est ce qu'il a dit en tout cas... Mais je ne pensais pas que ça te mettrait dans cet état…
- C'est pas elles qui m'inquiètent. J'en avais plus besoin de toute façon.
- Alors qu'est-ce qu'il y a?

179

- Reste ici.
- Lucifer... Encore un secret?
- Je... Oui... Non... Viens si tu veux."

Il lâcha un grognement puis il prit la direction des quartiers des concubines. Shana le suivit d'un pas hésitant. Qu'est-ce qu'elle allait encore découvrir? Lucifer était presque aussi agité que lorsqu'il lui avait parlé de Lilith. Une fois dans les quartiers, ils se trouvèrent face à un véritable carnage. Une trentaine de femmes jonchaient le sol, qui était totalement recouvert de sang. Shana avait toujours détesté les concubines, mais en voyant dans quel état Baldec les avait mises, elle avait de la peine pour elles. Et elle réalisait aussi d'autant plus à quel point elle avait de la chance d'être encore en vie. Elle reporta finalement son attention sur Lucifer, qui déplaçait des meubles et des corps avec empressement.

- "Qu'est-ce que tu cherches?
- Il y avait trois enfants qui vivaient ici.
- Q-quoi?!
- Il faut les retrouver."

Shana n'avait encore croisé aucun enfant en enfer. Elle avait même fini par se dire qu'il ne devait pas y en avoir. Il lui était impossible d'imaginer un bambin jouer dans ces couloirs terrifiants.

Après une heure de recherche, un bruit attira leur attention dans la chambre la plus éloignée du bain de sang. Ils s'approchèrent alors lentement d'une armoire dont la porte bougeait légèrement.

- *"Les enfants, c'est moi. Vous êtes en sécurité maintenant, vous pouvez sortir."*

La porte de l'armoire s'ouvrit lentement et trois petites têtes brunes firent leur apparition. Les enfants sourirent en voyant Lucifer et ils se jetèrent dans ses bras.

- *"Papa!*
- *Papa?!"*, demanda Shana, les yeux ronds.

Lucifer s'agenouilla pour prendre les enfants contre lui puis il releva la tête pour regarder sa compagne.

- *"Je t'expliquerai plus tard, Shana. Il faut les emmener ailleurs pour le moment.*
- *D'accord…*
- *Les enfants, je vais vous demander d'être sages et de bien garder les yeux fermés jusqu'à ce que je vous donne la permission de les rouvrir."*

Lucifer se leva en prenant deux des enfants dans ses bras tandis que Shana portait le troisième. Ils sortirent des quartiers des concubines puis ils se rendirent dans une partie des Enfers que Shana n'avait pas encore visitée. L'atmosphère était plus lourde à cet endroit.

- *"Où est-ce qu'on est?...*
- *Dans les quartiers des démons originels. Ne parle pas quoi qu'il arrive. Je t'expliquerai tout après.*
- *Entendu..."*

Shana déglutit. Son instinct lui disait de fuir, mais elle ne pouvait pas. Elle avait la responsabilité du petit garçon blotti dans ses bras. Lucifer frappa finalement à une porte et une démone à l'aura écrasante vint ouvrir. Elle était incroyablement belle. Shana avait l'impression de l'avoir déjà vue, et elle comprit pourquoi peu après.

- *"Bonsoir, père.*
- *Salut, Aderah. On peut entrer?*
- *Ce n'est pas comme si je pouvais te dire non.*
- *En effet."*

Ils entrèrent donc dans la chambre, qui était clairement une suite princière. Shana porta son attention sur Aderah. Elle était le portrait craché de Lilith. Lucifer donna l'accord aux enfants d'ouvrir les yeux et Shana put alors les observer. Ils avaient tous les cheveux et les yeux noirs ébènes de leur père. Le plus grand devait avoir huit ans, le second cinq environ, et le plus petit à peine trois ans. Tout du moins, c'est ce que Shana estima en jugeant par rapport à des âges humains. Le plus jeune était d'ailleurs resté collé contre son père tandis que ses frères partaient jouer. Le petit regarda Lucifer. Il avait un visage rond adorable. Il aurait presque pu ressembler à un ange.

- *"Papa... Elle est où maman?*
- *Écoute... Tu ne vas pas pouvoir voir ta mère pendant un moment. Mais Aderah va bien s'occuper de vous, ne t'inquiète pas. Et je viendrais te voir plus souvent.*
- *Tu pourrais quand même me demander mon avis,* grogna Aderah.
- *Ce sont tes petits frères.*
- *Demi-frères. Ma mère était la grande Maîtresse des Enfers, pas une vulgaire concubine.*
- *Je sais. Mais je te demanderais de prendre soin d'eux malgré tout.*
- *Je vais le faire. Même si j'aimerai savoir pourquoi tu m'as fait l'insulte de ramener une*
humaine chez moi.
- *Je ne te dois aucune explication. On va s'en aller d'ailleurs. Prends soin des petits."*

Lucifer se leva et il déposa un baiser sur le front des enfants tout en leur demandant d'être sages. Il fit signe à Shana de le suivre puis ils sortirent de la pièce. Il voulut passer son bras autour de la taille de la grande brune, mais elle tapa sa main pour le maintenir à l'écart.

- *"Okay, je l'ai mérité..."*

Lucifer soupira longuement et il décida d'attendre qu'ils soient seuls pour entamer la conversation. Vu l'état de sa chambre principale, ils allèrent dans celle que Lucifer avait occupée pendant leur séparation. Shana alla directement s'asseoir dans un fauteuil et Lucifer se plaça face à elle. Il s'attendait à lire du dégoût ou de la colère dans ses yeux, mais c'était bien plus que ça. La jeune femme se sentait trahie.

- *"Je t'assure que je comptais t'en parler. Je ne savais simplement pas comment aborder le sujet.*
- *Quand tu m'as montré Lilith, tu aurais pu en profiter pour me le dire.*
- *Ça faisait déjà pas mal d'informations à encaisser pour toi.*
- *Je n'étais clairement plus à ça près. Mais vas-y, je t'écoute maintenant.*
- *Eh bien... Les démons originels comme Aderah sont les enfants que j'ai eu avec Lilith.*
- *Combien vous en avez eu?*
- *Cinq cent quatre-vingt un.*
- *Quoi?!*
- *Je te rappelle qu'on a vécu plusieurs millénaires...*

184

- A-ah... oui... mais quand même…
- La plupart d'entre eux sont morts pendant la grande guerre.
- Je suis désolée…
- Ils ont fait leur devoir. Bref. Après la mort de Lilith, j'ai fréquenté personne pendant un moment, pour honorer sa mémoire, mais aussi parce que j'étais trop en colère pour pouvoir avoir de l'intimité avec qui que ce soit. Au bout d'un moment, la solitude m'a rattrapé et j'ai commencé à prendre des concubines. Je ne voulais pas d'une seule femme parce que je ne voulais pas d'un truc sérieux, et j'avais pas à aller les voir tout le temps. Au début, je n'arrivais pas à avoir de gamins. Comme si Lilith était la seule avec qui je pouvais en faire. Ensuite, il y a eu pas mal de grossesses… mais il y avait toujours un truc qui déconnait. C'étaient tous des enfants morts nés.
- Mais tu as pu avoir les trois petits de tout à l'heure, alors qu'est-ce qui a changé?
- L'essence des gens.
- L'essence? Ah oui, tu m'avais parlé de la mienne…
- Exactement. Apparemment je n'arrive à avoir des enfants qu'avec les femmes qui ont une essence proche de celle de Lilith.
- Et c'est mon cas?
- Pourquoi? Tu veux qu'on ait des enfants?
- Q-quoi?!"

La grande brune devint rouge jusqu'aux oreilles et elle détourna les yeux. Elle n'y avait jamais pensé jusqu'à présent. Mais il est vrai que l'idée d'avoir un petit garçon aussi mignon que celui qu'elle avait vu lui donnait envie.

- *"Ne commence pas à t'imaginer des trucs.*
- *Je fais ce que je veux!,* répliqua Shana avant de lui tirer la langue.
- *Je suis sérieux. Je ne peux pas avoir d'enfants avec une humaine.*
- *Pourquoi ça?*
- *Parce que ton corps n'est pas fait pour ça. Ça te tuerait. Le bébé te dévorerait de l'intérieur, littéralement.*
- *Dégueu... Vraiment dégueu... Mais triste quand même...*
- *Ne pense pas à ça pour le moment. D'autant plus que ça ne fait pas si longtemps que ça qu'on est ensemble.*
- *C'est vrai... Il s'est passé tellement de choses depuis que je suis arrivée ici que je perds le fil parfois...*
- *C'est vrai que tu sais mettre de l'animation.*
- *Hey, c'est pas juste de dire ça! Je ne suis pas responsable de tout! La plupart du temps c'est moi la victime en plus.*
- *Si tu veux le voir comme ça.*
- *Je vais te mordre si tu recommences à m'embêter.*
- *C'est censé me donner envie d'arrêter?*
- *J'ai oublié à qui je parlais...*
- *Eh oui. Et je te dois une bonne baise.*
- *Oui, mais pas ce soir.*

- Pourquoi?

- J'ai eu assez d'émotions pour la journée…

- Je comprends. Alors nous allons dormir.

- Oui, mais pas tout de suite.

- Qu'est-ce que tu veux faire?

- Continue à me parler de toi…

- Que veux-tu savoir?

- Je ne sais pas... Tout ce qu'il vaut mieux que je sache avant de le découvrir d'une autre façon?

- Une nuit ne suffira pas pour ça.

- Fais de ton mieux alors.

- Hmm... Je croyais que tu avais eu assez d'émotions pour la journée?

- Donc tu n'as que des secrets de ce genre?

- Pour la plupart, oui. Je suis le Diable après tout.

- Alors arrêtons-nous là pour ce soir. Un gros câlin me suffira.

- Vas pour un câlin alors."

Ils se mirent au lit et Shana se blottit contre son amant.

- "C'était quand même une journée de merde…

- Je ne te le fais pas dire... J'en viendrais à regretter de ne pas savoir faire de massages moi aussi. Tu l'aurais bien mérité.

- Je t'apprendrais si tu veux.

- Pourquoi pas.

- Tu me rends plus démoniaque et je te rends plus humain... C'est presque ironique.

187

- C'est vrai... Mais on s'en remettra.

- A t'on vraiment le choix?

- Non. Sinon on ne pourra pas rester ensemble.

- Oui... et je suis ta dernière concubine encore en vie. Tu vas t'ennuyer sinon.

- Ne dis pas ça.

- Désolée... Je suis allée trop loin…

- Il est temps de dormir.

- Oui... Je dois m'entrainer demain…

- Tu vas t'entraîner avec moi.

- Pourquoi?

- Je dois m'assurer de tes progrès.

- Oh.. d'accord alors..."

Shana ferma les yeux. Elle était anxieuse, mais il fallait qu'elle se repose. La journée avait été éprouvante. Il fallait qu'elle assimile tout ce qu'elle venait d'apprendre. Lucifer grogna quand il sentit Shana bouger dans son sommeil. Il ouvrit lentement les yeux et caressa les cheveux de la grande brune. Elle tremblait contre lui et elle semblait terrifiée.

- "Shana, réveille toi... Tu fais un cauchemar…

- Pourquoi rien ne marche?...

- De quoi tu parles?... Shana?"

La grande brune se mit à trembler encore plus, des larmes dévalant ses joues. Lucifer se redressa et il la secoua pour tenter de la réveiller quand il sentit que ses pouvoirs commençaient à s'échapper de son corps.

- *"Okay ma belle, je ne sais pas contre qui tu te bats, mais il faut que tu te calmes."*

Lucifer grogna et lorsqu'il sentit le pouvoir sanglant de la jeune femme entrer dans son corps, il fronça les sourcils. Il se leva rapidement et porta Shana jusqu'à la salle de bain avant de la mettre dans la douche. Il alluma l'eau et quelques secondes plus tard, la grande brune se réveilla en sursaut, en hurlant. Le reste de son pouvoir sanglant se déversa et Lucifer grogna à nouveau, plus fortement. Il ferma les yeux et son corps se recouvrit de flammes quelques secondes, le temps de nettoyer tout résidu de pouvoir intru. Il regarda ensuite Shana, qui était assise sous l'eau, se tenant la tête entre les mains.

- *"Je suis désolée, Lucifer... J'ai pas fait exprès…*
- *Ne t'en fais pas pour moi. Comment tu te sens?*
- *Ç-ça va... Je crois…*
- *Raconte-moi ton cauchemar.*
- *Non... ça va…*
- *Shana."*

Le grand brun la fit sortir de la douche et la sécha avant de lui enfiler un peignoir. Il la prit dans ses bras et la porta jusqu'au lit. Il caressa sa joue et la fit le regarder.

- *"Dis moi.*
- *C'était... Baldec... Mais Cerbere n'arrivait pas à temps...*
- *Tu as dit que quelque chose ne marchait pas. De quoi tu parlais? Du fait de m'avoir appelé?*
- *Non... mes pouvoirs... ils ne lui faisaient rien... rien du tout...*
- *C'est impossible. Même moi je ressens leurs effets.*
- *Il riait, Lucifer... Il disait que ça le chatouillait...*
- *Dans ton cauchemar?*
- *Oui, mais en vrai aussi... Je ne pouvais rien faire...*
- *Ce n'est pas normal. Il n'avait pas ce genre de pouvoirs.*
- *Alors comment ça se fait?*
- *Je ne sais pas... Et malheureusement le peu de son corps que Cerbere a laissé ne pourra rien nous apprendre.*
- *Alors l'enquête continue...*
- *On en parlera demain. Ne te prends pas la tête avec ça. Baldec est mort. Et je suis à tes côtés. Tu es en sécurité.*
- *Je sais..."*

Shana sourit faiblement et se frotta les yeux. Elle s'allongea sur son amant et tâcha de se détendre, même si elle sentait que Lucifer lui-même était préoccupé. Elle réussit malgré tout à se rendormir, aidée par les caresses du Démon.

CHAPITRE QUATORZE

Lorsqu'elle se réveilla, elle se sentit un peu perdue, ne reconnaissant pas tout de suite la nouvelle chambre. Elle s'étira puis regarda Lucifer, qui dormait profondément. Il était tellement beau. Elle lui vola un baiser avant de se lever. Elle s'installa dans le fauteuil et dessina le visage du bel endormi. Elle sourit à sa proposition de le dessiner nu. C'était plus que tentant, même si elle aurait du mal à se retenir de lui sauter dessus.

Lucifer finit par se réveiller en bougonnant et Shana retourna à ses côtés.

- *"Tu as bien dormi?*
- *C'est à moi de te poser cette question.*
- *Oui, ça a été après le cauchemar... et j'ai réfléchi ce matin... à propos de Baldec…*

- Et donc?

- Tu as dit qu'il n'était pas censé avoir ce pouvoir.

- En effet.

- Tout comme il n'est pas normal que j'en ai deux…

- Où est-ce que tu veux en venir?

- Je ne sais pas trop... Mais peut-être que s'ils allaient sur Terre, ce n'était pas juste pour te créer des problèmes.

- Aucun des traîtres n'a parlé de ça pendant les séances de torture, mais tu as peut-être raison. On était trop occupés à chercher à découvrir qui était à la tête de tout ça pour se dire qu'ils avaient d'autres motivations. Ils voulaient me détroner, ça semble logique qu'ils aient cherché un moyen de se protéger de mes pouvoirs.

- Tu vois que je peux être utile.

- Je n'ai jamais dit le contraire.

- Oui, mais tu pourrais me parler de ton travail de temps en temps. Un autre point de vue est parfois nécessaire.

- J'y penserais. Pour le moment, il faut que tu manges et qu'on se prépare pour ton entraînement.

- Oui, chef!"

La grande brune mangea donc avec appétit puis ils s'habillèrent. Lorsqu'ils sortirent de la chambre, Shana remarqua que les démons ne portaient pas le même genre de vêtements que d'ordinaire et qu'ils semblaient s'affairer de tous les côtés.

192

- "Qu'est-ce qui se passe?
- L'effervescence de l'exécution est retombée. Ils sont en train de réparer les dégâts. On devrait pouvoir retourner dans l'autre chambre d'ici deux jours.
- Oh, d'accord!"

Shana acquiesça tout en continuant d'observer les démons, prenant garde à ne pas les fixer trop intensément pour autant, ne voulant pas s'attirer d'ennuis. Ils allaient entrer dans la salle d'entraînement quand un démon tout en rondeur trottina vers eux, à bout de souffle.

- "Grand Maître, attendez!
- Qu'est-ce qu'il y a?
- Nous avons un problème avec Cerbere. Nous aurions besoin de votre aide.
- Quel est le problème?
- Il a fait une grande ouverture dans sa cage. Il reste sage et ne se balade pas pour le moment, mais dès que quelqu'un s'approche pour faire des réparations, il se fait dévorer.
- Voilà qui est problématique en effet. De combien de temps vous auriez besoin pour réparer la cage?
- Même pas trente minutes, Grand Maître.
- Entendu, on va s'occuper de Cerbère."

Lucifer allait s'excuser auprès de Shana de devoir décaler un peu leur entraînement mais quand il vit son immense sourire, il leva les yeux au ciel avant de secouer la tête. Évidemment qu'elle n'allait pas se plaindre de passer du temps avec le chien géant.

Lorsqu'ils arrivèrent sur place, ils grimacèrent en découvrant les restes ensanglantés des ouvriers que Cerbère avait dévoré. Le chien était nonchalamment allongé sur la trappe qu'il devait protéger, ses trois têtes surveillant les allers et venues des démons. Il se détendit cependant quand il vit Shana et Lucifer. Contrairement à son habitude, il ne se leva pas pour faire la fête à la jeune femme. Il prenait très au sérieux son rôle de gardien et n'appréciait pas qu'autant d'inconnus tournent autour de sa cage. Lucifer vint le caresser doucement.

- *"Tu fais du bon travail, mon grand. Mais il faut les laisser réparer ta cage maintenant. Ils ne vont pas s'approcher plus que nécessaire, ne t'en fais pas."*

Le chien des enfers grogna tout bas et il se laissa faire, se couchant même sur le dos quand Shana lui gratta le ventre. Ils patientèrent jusqu'à ce que les travaux soient terminés puis Shana déposa un baiser sur chaque truffe de Cerbère avant de regagner la salle d'entraînement en compagnie de son amant.

Shana s'échauffa un peu tandis que Lucifer retirait sa chemise et s'étirait.

- *"Hey, c'est de la triche,* protesta la jeune femme.
- *De quoi tu parles ?*
- *Si tu es torse nu, ça va me déconcentrer !*
- *Il faut justement que tu arrives à rester concentrée quoi qu'il arrive, alors ça te fera un bon entraînement.*
- *Dans ce cas, il n'y a pas de raison qu'il n'y ait que moi qui soit désavantagée."*

La grande brune retira son t-shirt, dévoilant un joli soutien-gorge noir en dentelle puis elle se mit en position de combat comme si de rien n'était tandis que Lucifer haussait un sourcil.

- *"Je sens que cet entraînement va être intéressant.*
- *Ne commence pas à te déconcentrer",* répondit Shana en souriant fièrement.

Lucifer secoua la tête puis il fit signe à la grande brune d'attaquer la première. Elle afficha un sourire, sachant qu'elle n'avait pas à se retenir face à son amant. D'autant plus qu'elle voulait lui montrer tout ce qu'elle avait appris. Quatre orbes électriques se mirent alors à tourner autour d'elle. Elle les fit attaquer Lucifer et pendant qu'il esquivait avec souplesse, elle en profita pour lui lancer de son pouvoir sanglant. Elle visualisa une multitude d'aiguillons qui se jetèrent sur lui pour le transpercer de toutes parts. Lucifer laisser échapper un grognement et il lança une boule de feu noire sur la jeune femme, qui dut faire une roulade sur le côté pour l'éviter.

- *"C'était pas mal, mais tu peux faire mieux que ça.*
- *Évidemment, ça ce n'était que l'échauffement."*

Shana se releva et reprit son souffle. Elle se rendait compte que Lucifer avait eu raison de dire que Kain était trop gentil avec elle. Face à un adversaire avec un peu plus de répondant, elle avait du mal à réfléchir à un plan d'action. Mais il était hors de question qu'elle abandonne si vite. Elle s'accroupit et posa ses mains sur le sol pour l'électrifier. C'était une manœuvre fatigante mais elle ne pourrait pas rater le Démon. Il fallait bien qu'il ait un appui sur le sol. Elle fronça les sourcils quand elle entendit rire le grand brun. Elle écarquilla les yeux en se rendant compte qu'il ne touchait plus du tout le sol et qu'il arborait une immense paire d'ailes noires.

- *"L'idée était bonne.*
- *Tu triches!*
- *Tu dirais ça à un véritable ennemi?*
- *Non, mais je le penserais..."*

Shana grommela et se releva. Les choses se compliquaient, même si Lucifer ne l'attaquait pas pour le moment. Il s'amusait bien trop pour ça. Cela irrita d'ailleurs la grande brune. Elle s'était entraînée durement, pourtant Lucifer ne la prenait toujours pas au sérieux.

- *"Ton regard a changé. Ce n'est pas trop tôt. Je pensais que tu ne passerais jamais aux choses sérieuses."*

Shana plissa son nez. Elle prit une profonde inspiration pour se reconcentrer. Kain lui avait interdit de mélanger ses flux magiques, il disait que ce serait trop risqué. Mais elle sentait au plus profond de son être qu'elle en était capable. Lucifer avait fait disparaître ses ailes et il était de retour sur la terre ferme. Il sentait que sa compagne préparait une attaque puissante et il avait hâte de voir ça. Shana fit lentement bouger ses mains. Sa peau la picotait tandis que ses pouvoirs se mélangeaient dans ses cellules. Elle visualisa la forme de trois personnes, qui encerclèrent Lucifer. Elle les gorgea de pouvoirs avant de les faire exploser quand ils se jetèrent sur le Démon. Le souffle de l'explosion fut si violent que Shana fut projetée à l'autre bout de la pièce. Lucifer lâcha un râle rauque, posant un genou à terre. Il avait entouré ses ailes autour de son corps pour se protéger. Des plumes tombèrent sur le sol, imbibées de sang. Shana se releva lentement. Elle était sonnée et avait utilisé beaucoup trop de magie, ses jambes la soutenaient à peine. Elle s'approcha de Lucifer et ramassa quelques plumes, les larmes aux yeux.

- "J'ai abîmé tes jolies ailes... Je suis désolée...

- Ne sois pas désolée, sois fière.

- Fière de blesser les gens à qui je tiens?...

- Tout le monde ne peut pas se vanter d'être en mesure de m'infliger une blessure. Tu es puissante, Shana. Et si tu maîtrisais le mélange de tes pouvoirs, tu pourrais faire des merveilles.

- Je ne suis pas sûre de le vouloir...

- Ne fais pas cette tête, mes ailes sont déjà de nouveau comme neuves.

- J'en suis soulagée..."

Lucifer lui adressa un sourire et caressa sa joue pour la rassurer. Il se leva ensuite et mit sa chemise à la grande brune. Il tachait de ne pas montrer à quel point il était surpris. La dernière personne à l'avoir mis en difficulté était Aderah, sa propre fille, et c'était une démone originelle. Shana était humaine, elle n'aurait jamais dû être en mesure de lui faire la moindre égratignure. Il fallait qu'il se penche sur la question de ses pouvoirs, et de ceux de Baldec. La situation pourrait devenir critique s'il devait faire face à une armée de créatures boostées.

Il ramena Shana dans leur chambre et la coucha. Elle avait besoin de repos. Il fit ensuite appeler Kain et sortit dans le couloir pour parler tranquillement avec lui.

- "En quoi puis-je vous aider, Monsieur?
- Parle moi de tes entraînements avec Shana.
- Que voulez-vous savoir?
- Est-ce que tu lui as appris à mêler ses pouvoirs?
- Non, au contraire, je lui ai interdit de le faire. On ne sait pas comment son corps pourrait réagir.
- Pourtant elle l'a fait tout à l'heure.
- Quoi?! Comment va-t-elle?
- Elle va bien. Elle a juste besoin de repos.
- Tant mieux…
- Je prends le relais pour les entraînements. Tu n'es pas assez puissant.
- Je me doutais que ce jour arriverait, mais je pensais qu'il faudrait encore quelques semaines.
- J'ai une autre mission pour toi.
- Laquelle?
- Trouve Malthaël, le frère de Lilith.
- Pardon? Ça fait des centaines d'années qu'on ne l'a pas vu. Comment je suis censé faire ça? En plus, je ne suis pas un pisteur, alors pourquoi moi?
- Depuis quand tu discutes mes ordres?
- Pardon, Monsieur, ce n'était pas mon intention.
- Je préfère ça. Avant de partir, envoie-moi un bon pisteur.
- Entendu, Monsieur. J'aurai une requête avant mon départ.
- Laquelle?
- J'aurai voulu dire au revoir à Shana. La dernière fois qu'on s'est vus, nous nous sommes un peu disputés.

199

- Disputés?... C'est toi qui l'a emmenée chez Alouh alors.

- C'était une erreur, Monsieur.

- Je ne te le fais pas dire. Je devrais te tuer pour ça. Pars tant que tu m'es encore utile. Tu verras Shana quand tu auras rempli ta mission.

- Entendu, Monsieur..."

Kain soupira et tourna les talons. Il sentait que cette recherche risquait de lui prendre des mois, peut-être même des années, si toutefois il réussissait et qu'il ne se faisait pas tuer en route. Il prépara ses affaires puis alla chercher un pisteur et l'envoya auprès de Lucifer.

Shana se réveilla en grognant. Elle avait une migraine atroce. Sa tête avait dû heurter le sol. Elle se releva en grimaçant puis haussa un sourcil en entendant la voix de Lucifer dans le couloir. Elle hésita à écouter à nouveau aux portes et se décida quand elle entendit son prénom dans la conversation. Elle se mordit la lèvre inférieure, sachant que Lucifer n'allait pas être content, mais tant pis.

- "Tu dois trouver le clan du père biologique de Shana. Je suis sûr que tu y trouveras des réponses sur ses pouvoirs. Essaye de savoir s'ils ont eu des contacts avec les démons inférieurs qui nous ont trahi. Espionne aussi sa famille pour savoir où ils en sont. Il paraît qu'ils comptent venir en Enfer. Une telle chose ne peut pas se produire.

- Puis-je demander de l'aide à d'autres démons?
- Je préférerais que ça reste secret, dans la mesure du possible. Mais si tu n'as pas d'autre solution, choisis avec attention. Et ne prends personne qui ait des contacts directs avec le Grand Conseil.
- Bien sûr, Monsieur. Vous pouvez compter sur moi."

Lucifer salua le démon puis retourna dans la chambre. Il regarda Shana, appuyée contre le mur, bras croisés.

- "Tu dois vraiment perdre l'habitude d'écouter aux portes.
- Et toi celle de parler dans mon dos.
- Tu étais en train de dormir…
- Tu aurais pu attendre mon réveil…
- On n'a pas le temps. On doit s'assurer que Baldec est le seul à avoir été modifié.
- Je vois... Tu penses que ça pourrait être lié à... mon géniteur, alors?
- Je n'en ai aucune idée, Shana. C'est la seule piste qu'on ait, et c'est toi qui me l'a donnée.
- Je n'aurais pas à le rencontrer, hein?...
- Je n'en sais rien. Ça dépend de comment les choses évolueront. Ne te prends pas la tête des mois à l'avance.
- Je vais essayer... C'est juste que... je ne comprends pas…
- Quoi donc?
- Eh bien... Si les démons avaient commencé à venir sur Terre après avoir entendu parler de moi, je comprendrais. Mais là,

ils ont commencé avant même que je te rencontre... Du coup, ça n'a pas de sens... Quoique... Il y a une question que je voulais te poser suite à notre première rencontre, et après j'ai oublié.

- De quoi s'agit-il?

- Quand tu es parti, après que j'ai tué le démon, tu m'as dit qu'on se reverrait bientôt, et tu m'as appelée par mon prénom, alors que je ne te l'avais pas dit. Comment ça se fait?

- Je ne vois pas de quoi tu parles.

- Ne joue pas à ça avec moi, Lucifer. Tu aurais pu retirer mon sceau dès le début mais tu as dit que je devais apprendre la vérité par moi-même. Tu savais déjà tout, n'est-ce pas?

- Ta tête a tapé le sol. Tu es encore sonnée. Tu devrais te rallonger.

- Lucifer!

- Je ne peux pas répondre à tes questions.

- Tu ne peux pas, ou tu ne veux pas?

- Un peu des deux, je suppose.

- Si tu ne me réponds pas, c'est fini entre nous.

- Ne sois pas aussi extrême.

- J'ai la nette impression que tu m'as manipulée depuis le début et que notre première rencontre n'était pas un accident. Alors parles, Lucifer. C'est ta dernière chance de tout me dire. Sinon je m'en vais."

Lucifer hésitait clairement. Dans tous les cas, il risquait de perdre la grande brune. Il avait sous-estimé sa capacité de déduction et il se retrouvait dans une impasse. Il lui avait caché des choses depuis le début, d'abord parce qu'il ne pensait pas que leur relation évoluerait ainsi, et ensuite parce qu'il avait craint qu'elle réagisse justement de cette façon. Il soupira et passa sa main dans ses cheveux en voyant que Shana était en train de rassembler ses affaires.

- *"Qu'est-ce que tu fais?*
- *Tu n'as pas l'air décidé à parler, alors je m'en vais.*
- *Et tu comptes aller où?*
- *Pour commencer, avec Cerbère, pour que tu ne puisses pas m'approcher. Ensuite, je trouverais un moyen de rentrer sur Terre.*
- *Ils te retrouveront et te tueront.*
- *Eh bien tant pis. C'est toujours mieux que vivre dans le mensonge. Mais tu sais, même si je suis en colère, au fond je ne t'en veux pas. Tu es le Diable. À quoi je m'attendais franchement? J'ai été stupide de te faire confiance aveuglément. Comme tu l'as dit, j'ai voulu jouer et j'ai perdu, encore plus vite que prévu. Je ne peux m'en prendre qu'à moi-même. Ça ne m'étonnerait même pas que tu te sois foutu de ma gueule jusqu'au bout et que tu ne ressentes rien pour moi.*
- *Je t'interdis de dire ça.*
- *Ah oui? Et comment je suis censée savoir où s'arrête le mensonge et où commence la vérité, hein?"*

Lucifer grogna et plissa son nez. Il ne savait pas quoi répondre à cela. Pour la première fois, il se sentait impuissant. Il finit par s'approcher de la jeune femme, qui lui lança un regard noir. Il déglutit difficilement. Ce qu'il s'apprêtait à dire lui coûtait. Non pas parce qu'il ne le pensait pas, mais parce que c'étaient des mots qu'il n'avait pas prononcés depuis des siècles. Ce n'était pas son genre. Il prit doucement le visage de Shana entre ses mains et ancra son regard dans le sien.

- *"Oui, je t'ai menti... sur beaucoup de choses. Mais pas sur ce que je ressens pour toi.*
- *Je ne peux plus te croire…*
- *Je t'aime, Shana."*

La grande brune cligna des yeux, son cœur ayant un raté tandis qu'elle rougissait jusqu'aux oreilles. Elle baissa ensuite les yeux, sentant les larmes monter et une boule se former dans sa gorge.

- *"Idiot... Comment tu peux me rendre heureuse et me faire si mal en même temps?*
- *Je suis désolé…*
- *Être désolé ne suffit pas, Lucifer. Tu me dois des explications.*
- *Je sais.*
- *Alors je t'écoute."*

Le Démon poussa un soupir à fendre l'âme puis il s'assit au bord du lit. Il se gratta la nuque, tachant d'organiser ses pensées.

- "Tu as raison, je savais qui tu étais avant même de te rencontrer.
- Comment ça se fait?
- Ça ne va pas te plaire…
- Arrête de tourner autour du pot.
- Ton père, celui qui t'a élevée, pas ton géniteur, a toujours eu un gros complexe d'infériorité. Il voulait être le meilleur, le plus puissant, le plus respecté. Mais ses pouvoirs de base ne le lui permettaient pas. Alors il a littéralement fait un pacte avec le Diable pour obtenir ce qu'il voulait.
- Donc... il a vendu son âme pour des pouvoirs?
- Ce n'est pas son âme qu'il a vendu, Shana. C'est la tienne.
- Pardon?! C'était quand ça?!
- Peu de temps après ta naissance. Il s'en voulait d'avoir mis autant de temps à sauver ta mère et ton frère. Et ton existence lui rappelait sans cesse sa faiblesse. Quoi qu'il en soit, j'aime regarder le fruit d'un pacte grandir. J'ai vite compris que tu étais spéciale. Tes pouvoirs ne sont pas normaux, tout comme leur puissance. Ton essence n'est pas normale non plus pour une humaine.
- Donc... quand on s'est rencontrés, tu savais déjà tout de moi, et tu as fait semblant…
- Je connaissais ton passé, c'est vrai. Mais je ne te

connaissais pas toi, personnellement. Et ça me plaisait d'en apprendre plus.

- Il n'empêche qu'au final, tu vas manger mon âme.

- Pas nécessairement.

- Tu n'es pas obligé de respecter un pacte?

- Si. Mais tu n'as pas forcément à mourir.

- Hmm... Je préfère ne pas savoir à quoi tu penses pour le moment. Sur quoi d'autre tu m'as menti?

- J'ai toujours suspecté Velnidas, ton géniteur d'avoir fait quelque chose. Il savait que ta mère était enceinte. Je pense qu'il a agi pour te modifier.

- Je vois, soupira Shana. Mais tant que ça n'affectait pas tes démons, tu t'en fichais.

- C'est un peu ça. J'ai toujours sous-estimé les humains et l'impact qu'ils pouvaient avoir, je ne peux le nier.

- Alors il va se passer quoi, maintenant?

- J'ai envoyé un pisteur chercher des informations, comme tu l'as entendu. Et j'ai envoyé Kain chercher une personne... qui pourra nous aider. S'il le décide.

- Une personne?

- Malthaël, le frère de Lilith. Il n'en fait qu'à sa tête, mais il connaît le cœur des humains mieux que quiconque.

- Je vois... Pourquoi... j'ai l'impression qu'une guerre va commencer?

- Ce ne sera pas une guerre. Ils n'ont aucune chance. Désolé de te dire ça comme ça, mais le seul résultat possible, c'est l'anéantissement de ta famille.

- Je l'ai compris au moment où on a croisé Kal... Pourquoi tu crois que je m'entraîne autant?
-Tu n'as pas à participer aux combats.
- Je le dois. Tout est parti de moi au final…
- Mais tu n'es pas responsable des choix de ton père, d'aucun de tes pères d'ailleurs.
- Je sais.
- Voilà, je t'ai tout dit... Tu as d'autres questions?
- Non, mais j'ai quelque chose à ajouter.
- Je t'écoute.
- Je t'aime aussi, Lucifer.
- Alors tu n'es plus en colère? Tu ne veux plus partir?
- Je ne vais pas partir, mais je t'en veux toujours. Il va falloir du temps pour que je puisse pleinement te faire confiance à nouveau.
- Je comprends...- Bien... Maintenant que tout est réglé... Qu'est-ce qu'on fait?
- Tu dois encore te reposer."

La grande brune fit la moue mais elle s'allongea, se blottissant contre son amant. Elle pleura dans son sommeil. Elle avait du mal à tout encaisser. Ça lui faisait mal, plus qu'elle ne voulait bien l'admettre. Mais savoir la vérité était malgré tout un soulagement. Elle préférait ne pas penser à ce qui se passerait ensuite. Elle n'était pas prête pour ça. Elle se réveilla quand quelqu'un frappa à la porte. Elle se leva en baillant, mettant la couverture sur Lucifer. Il était encore tôt, qui pouvait les déranger à cette heure? Shana ouvrit la porte et elle se figea en se retrouvant face à Aderah. Son aura était toujours aussi écrasante, et elle semblait particulièrement irritée que Shana soit dans la chambre de Lucifer.

- *"Pousse toi, l'humaine. Je dois parler à mon père."*

Shana aurait voulu lui répondre, mais elle se souvint que Lucifer lui avait dit de ne parler sous aucun prétexte. Elle soupira longuement et se décala pour laisser entrer la démone. Aderah se dirigea vers son père et le réveilla, sans ménagement, en lui lançant une vague d'énergie. Lucifer se redressa en grognant.

- *"Putain, qu'est-ce qui te prend?!*
- *Vahal a disparu.*
- *Comment ça, disparu? Il était sous ta responsabilité.*
- *Je suis au courant. Je n'ai pas demandé cette responsabilité. Il passait son temps à pleurer*
en disant Papa! Maman!... J'ai pas la patience pour ces trucs là.
- *Pas étonnant qu'il se soit enfui si tu te comportes comme ça avec lui.*
- *Il fallait les confier à quelqu'un d'autre alors.*
- *C'est toi que j'ai choisi, Aderah. Mais j'aurai en effet dû me douter que tu ne serais pas à la hauteur.*
- *Pardon?*

- Tu as très bien compris.

- Ça va, pas besoin d'être insultant. Aide moi à le retrouver et je m'en occuperai de ton gamin.

- Bien."

Lucifer se leva et Shana sentit qu'il était inquiet. Au vu de la conversation, Vahal devait être le plus petit de ses enfants, celui qui ressemblait à un ange. Elle posa sa main sur le bras de Lucifer.

- "Je veux aider…

- Il peut être n'importe où en Enfer. Tu risques de te perdre et de te mettre en danger.

- Mais, Lucifer…

- Shana, reste ici."

La jeune femme acquiesça à contre-coeur et elle regarda son amant et sa fille partir à la recherche du petit garçon. Lucifer avait raison, il y avait beaucoup d'endroits qu'elle ne connaissait pas. Mais elle pouvait se cantonner à chercher dans les lieux où elle s'était déjà rendue. Le petit garçon était perdu et sûrement effrayé. Il voulait voir ses parents. Peut-être qu'il avait essayé de se rendre aux quartiers des concubines. Mais il n'avait pas pu voir le chemin parce que Lucifer lui avait dit de garder les yeux fermés. Et s'il avait réussi à s'y rendre, est-ce que les corps avaient été retirés? Et s'il se retrouvait face au carnage que Baldec avait fait? Il était si petit... Il ne fallait surtout pas qu'il voit ça.Sa décision étant prise, Shana sortit de la chambre et partit à la recherche de Vahal. Elle tendait l'oreille, au cas où il se serait caché dans un coin pour pleurer. Elle ne voulait pas le rater. Shana était épuisée, elle avait marché pendant des heures. Elle s'appuya contre un mur pour se reposer quelques minutes. Si ça se trouve, Lucifer et Aderah avaient déjà trouvé l'enfant en plus. Elle soupira et se frotta le visage. Il valait mieux qu'elle retourne jusqu'à sa chambre à présent. Elle fit deux pas avant de s'arrêter. Elle avait cru entendre un léger bruit. Elle regarda autour mais, ne voyant rien, elle se remit à marcher, avant de s'arrêter à nouveau. Elle entendit alors une petite voix timide.

- *"Tu es la madame qui était avec papa?..."*

Shana se retourna et elle soupira de soulagement en voyant le petit garçon. Il était tout sale et ses yeux étaient rouges. Elle s'accroupit et lui adressa un sourire rassurant.

- *"Oui, c'est moi. N'aies pas peur. Aderah est venue nous voir pour nous dire que tu avais disparu. Tu dois être affamé... et tu as dû avoir tellement peur. Je vais te ramener auprès de ton papa, d'accord?"*

Vahal hésita un peu avant de se jeter dans ses bras. Shana le serra contre elle puis elle se leva tout en caressant ses cheveux.

- *"C'est fini. Tu es un petit garçon très courageux."*

Shana prit la route de la chambre tout en câlinant l'enfant. Il s'endormit rapidement, épuisé. La jeune femme l'allongea sur le lit et elle le nettoya doucement pour ne pas le réveiller. Elle demanda ensuite au démon coursier qu'elle connaissait de lui rapporter des vêtements propres pour Vahal ainsi que du lait et des gâteaux. Elle put donc ensuite le changer. Quand il se réveilla, il chouina un peu. Shana caressa ses cheveux tendrement.

- *"Tu as faim?*
- *Oui, beaucoup beaucoup…*
- *Je ne sais pas ce qu'un enfant démon mange... mais j'ai quelque chose qui devrait te plaire."*

La jeune femme lui servit un verre de lait et sortit les gateaux. Elle lui expliqua ce que c'était et elle rit doucement quand il afficha un immense sourire après avoir goûté. Il se dandina sur sa chaise tout en mangeant avec appétit.

- *"C'est donc là que tu étais…*
- *Papa!"*

Vahal se laissa glisser de la chaise puis il se jeta dans les bras de son père en riant. Lucifer déposa un baiser sur son front puis il le prit dans ses bras.

- "Comment tu es arrivé ici?
- Nana elle m'a trouvé! Après j'ai fait un gros dodo et regarde, je suis tout beau! Et puis elle m'a donné du bon manger aussi!
- Je vois..., Lucifer regarda alors sa compagne. Merci, une fois de plus, de ne pas m'avoir écouté.
- Mais de rien."

Shana lui adressa un sourire avant de manger un gâteau. Elle aussi avait besoin de reprendre des forces.

- "Papa, veux rester avec Nana et toi...
- Tu dois retourner avec Aderah et tes frères.
- Mais elle l'est pas gentille!
- Elle va faire des efforts à présent, c'est promis.
- Mais... papa... te plait...
- Peut-être plus tard. Pour le moment, rentre avec elle. On reviendra te voir bientôt. Et si ça ne va pas, ne t'enfuis pas, demande à nous voir, d'accord?
- Oui... ça faisait peur...
- J'ai eu peur aussi de ne pas te retrouver.
- Pardon, papa...
- Ce n'est pas grave. Je ne suis pas fâché. Je suis content que tu ailles bien."

Lucifer le mit dans les bras de Aderah, qui se retint de grimacer. Vahal dit au revoir de la main à Shana en souriant puis il posa sa joue sur l'épaule de sa sœur.Le Démon referma

212

la porte puis il soupira longuement avant de s'affaler dans un fauteuil. Shana fit la moue et s'installa sur ses cuisses puis caressa sa joue.

- *"Qu'est-ce qu'il y a?*
- *Je n'aime pas m'inquiéter.*
- *Je sais, mais tout va bien maintenant.*
- *Et Aderah m'en veut encore plus.*
- *Parce que tu es un papa poule et qu'elle est jalouse?*
- *Je ne l'aurai pas dit comme ça, mais apparemment.*
- *Et en plus, tu es avec une humaine, que son frère préfère à elle. Je suppose qu'il va falloir du temps pour qu'elle accepte la situation.*
- *Surement. Mais on s'occupera de ça en temps et en heure. Tu dois être fatiguée d'avoir autant marché.*
- *Oui, mais ça en valait la peine."*

Shana sourit et s'allongea sur son amant. Elle l'embrassa ensuite tendrement avant de jouer avec ses cheveux.

- *"Tu as l'air de bonne humeur.*
- *Je viens de repenser à quelque chose d'agréable.*
- *Ah oui?*
- *Quand tu m'as dit que tu m'aimais…*
- *Oh… Profites, je ne suis pas du genre à le dire souvent.*
- *Je sais bien, justement."*

Elle rit doucement et s'installa confortablement pour se reposer.

CHAPITRE QUINZE

UN AN PLUS TARD

Shana était dans la salle d'entraînement. Assise sur le sol, elle jouait avec Vahal en riant. Le petit garçon était plein de vie. La jeune femme s'entendait bien avec les deux autres enfants, mais ils étaient moins proches. Ils préféraient faire des jeux plus sérieux avec Aderah. La grande brune releva la tête en entendant la porte d'ouvrir. Elle écarquilla les yeux et se leva rapidement.

- *"Kain?!"*

Elle se jeta dans les bras de son ami. Même si la dernière fois qu'ils s'étaient vus, ils avaient été en conflit, il lui avait beaucoup manqué. Kain la serra contre lui en souriant.

- *"Beaucoup de choses ont changé pendant mon absence à ce que je vois.*
- *Oui, j'ai plein de trucs à te raconter! Mais d'abord, comment tu vas?*
- *Je vais bien. J'ai fini ma mission, même si ça a pris plus de*

temps que je ne l'aurai voulu. D'ailleurs, où est Lucifer?
- Il est avec le Grand Conseil. Ils en ont encore pour plusieurs heures.
- Je vois. Ça nous laisse du temps pour que tu me racontes tout ce qui t'es arrivé. Et ta nouvelle coiffure te va bien. Les cheveux courts font ressortir tes yeux.
- Merci beaucoup."

Shana sourit et elle retourna jouer avec Vahal tandis qu'elle parlait avec Kain. Ce dernier souriait, tristement, mais il souriait malgré tout. Il était content de voir que Shana était en pleine forme et qu'elle était heureuse. Ce n'était pas toujours rose, évidemment, mais depuis que Lucifer lui avait avoué toute la vérité, les choses allaient bien mieux. Il faisait des efforts pour passer du temps avec elle, en dehors de leurs entraînements. Il lui parlait des résultats de l'enquête de son pisteur. Ce n'était pas très bon signe mais ils avaient encore un peu de temps devant eux.La jeune femme arrêta de parler quand elle vit Vahal se frotter les yeux.

- "C'est l'heure de la sieste, mon grand.
- Suis pas fatigué, Nana…
- Je sais, tu dis ça à chaque fois."

Elle sourit et prit le petit garçon dans ses bras. Elle fit signe à Kain de la suivre et ils se rendirent dans la chambre qu'elle partageait avec Lucifer. Elle coucha Vahal et le borda avant de déposer un baiser sur son front.

- *"Je dois t'avouer que je suis surpris de te voir jouer avec l'enfant de Lucifer.*
- *Pourquoi ça?*
- *C'est le fils d'une concubine, et je sais à quel point tu les détestais.*
- *C'est vrai, mais cet enfant n'a rien à voir là dedans. Et il est beaucoup trop mignon pour lui résister de toute façon.*
- *C'est vrai qu'il est mignon. C'est à se demander si c'est vraiment le fils du Diable.*
- *Lucifer peut être mignon aussi quand il veut.*
- *Il vaut mieux qu'il ne t'entende pas dire ça.*
- *Je sais bien."*

Shana sourit avant de froncer les sourcils. Quelque chose n'allait pas. Ses mains tremblaient.

- *"Tout va bien, Shana?*
- *Non. Lucifer est en colère. Très en colère même…*
- *Comment tu le sais?*
- *Ce... C'est pas important. Tu ne peux pas aller voir ce qui se passe?*
- *Après un an d'absence, je ne peux pas y aller sans invitation.*
- *Je vois... Je suppose qu'on va devoir attendre qu'il arrive alors…*

- Je ne suis pas persuadé de vouloir le voir énervé pour nos retrouvailles. Je vais aller prendre une bonne douche et me reposer un peu. On se voit plus tard.
- D'accord, à plus tard, Kain. Je suis vraiment contente que tu sois de retour.
- Et je suis content d'être rentré."

Ils s'enlacèrent puis Kain se rendit dans sa chambre. Shana s'installa à côté de Vahal et elle le calina pour qu'il dorme paisiblement. Sentant la colère de Lucifer résonner à nouveau en elle, elle prit le garçonnet dans ses bras et le ramena dans la chambre de Aderah. Elle retourna ensuite attendre le Démon, impatiente.Il fallut encore une bonne heure avant que Lucifer n'entre dans la chambre. Il débordait de rage, mais elle redescendit un peu quand il posa son regard sur sa compagne.

- "Tu peux me dire pourquoi les gens semblent prendre plaisir à me contrarier ?
- Qu'est-ce qui s'est passé ?
- Le Grand Conseil me reproche de ne pas assez m'investir dans mon travail.
- Ils n'ont pas l'habitude que tu prennes du temps pour toi en même temps.
- Hmm. Ces vieux grincheux ne sont encore en vie que parce qu'ils font partie de l'accord de trêve avec mon frère. Si ça ne tenait qu'à moi, je les tuerais sur le champ.

- Calme toi... J'ai une bonne nouvelle pour toi.

- Laquelle?

- Kain est revenu.

- Eh bien, c'est pas trop tôt! Il en a mis du temps. Où est-ce qu'il est?

- Il est allé dans sa chambre quand je lui ai dit que tu étais en colère.

- Tu lui as expliqué comment tu le savais?

- Bien sûr que non, pour qui tu me prends?

- Ça aurait pu être drôle de voir sa tête ceci dit.

- Idiot!

- Je dois aller le voir du coup. Je reviens après.

- Va faire ton travail, je peux attendre. "

Lucifer lui vola un baiser puis il alla voir Kain. Les retrouvailles étaient un peu tendues, mais le professeur avait mené à bien sa mission. Il avait retrouvé Malthaël. Le seul problème était que ce dernier avait refusé catégoriquement d'aider Lucifer, d'une quelconque façon que ce soit. Même après tout ce temps, il en voulait encore au Démon pour la mort de Lilith. S'il voulait le convaincre, Lucifer allait devoir se déplacer lui-même et il aurait clairement préféré éviter ça. Le Diable remercia malgré tout Kain pour son travail et il prit les coordonnées de son ancien beau-frère avant de revenir dans sa chambre.

- "Cette journée est vraiment pourrie.
- Kain m'a dit qu'il avait terminé sa mission pourtant.
- C'est vrai, mais Malthaël ne veut pas m'aider.
- Qu'est-ce que tu vas faire alors?
- Je vais devoir aller le voir directement.
- Vu ta tête, ça ne t'enchante pas…
- Pas du tout même.
- Tu ne m'as pas dit pourquoi on avait besoin de lui…
- C'est vrai... Je pense qu'il pourrait nous aider avec ta famille.
- Comment ça?
- S'il leur retire leurs pouvoirs, il n'y aura pas de combat.
- Il peut faire ça?
- En théorie, oui. Quand les humains ont été créés, ils n'avaient aucun pouvoir. Mais le frère de Lilith trouvait que ça manquait de piquant alors il en a donné à certains.
- C'est lui qui a créé les mages?!
- Tout à fait.
- Je vois... dans ce cas... Emmène-moi avec toi.
- Pardon?!
- Quoi? Je suis l'une de ses créations après tout.
- Ne dis pas n'importe quoi... C'est bien trop risqué.
- Tu ne veux jamais que je t'aide de toute façon…
- Ne fais pas la tête comme ça. On dirait Vahal.
- Je prends ça pour un compliment.
- Et après c'est moi l'idiot? Ma réponse reste inchangée. C'est non.
- Je te ferai changer d'avis.

219

- Tu peux toujours essayer.

- Tu as plus d'une fois admis que j'avais bien fait de te désobéir.

- L'un n'empêche pas l'autre.

- Pff... T'es pas drôle quand tu t'y mets.

- Mais tu m'aimes.

- L'un n'empêche pas l'autre, " répondit Shana d'un air taquin.

Lucifer secoua la tête et il entraina la jeune femme sous la douche pour finir de se calmer. Il fallait qu'il réfléchisse. En tant normal, il n'aurait pas hésité, il aurait fait tuer discrètement tous les gêneurs. Mais il ne voulait pas faire souffrir sa compagne, s'il y avait une autre solution. Il soupira longuement et Shana se blottit contre lui. Elle voulait le soulager, qu'il ne porte pas tout sur ses épaules. Mais elle ne pouvait pas faire grand-chose de plus.

- "Je partirai le voir demain.

- Non...

- On ne peut pas attendre plus. Kain a déjà mis un an à le trouver.

- Ce n'est pas ce que je voulais dire.

- Quoi alors?

- Tu ne pars pas demain. Nous partons demain.

- Je t'ai dit non, Shana.

- Et moi je t'ai dit oui, Lucifer.

- Je vais t'attacher au lit pour que tu ne me suives pas dans ce

220

cas.

- Ça pourrait presque être sexy…

- T'es pas croyable.

- C'est ce qui fait mon charme. Tu aimes mon côté rebelle.

- Certes. Mais tu as vu comment Aderah réagit à ta présence, même après un an. Alors imagine un démon plus ancien.

- Mais tu as dit qu'il connaissait le cœur des humains.

- Ça ne veut pas dire qu'il aime être en leur compagnie.

- Vous êtes trop compliqués... Mais je suis inquiète…

- Ne t'inquiète pas pour moi. Si je n'arrive pas à le convaincre, il me chassera, c'est tout.

- Tu es sûr? Tu as dit qu'il te détestait.

- Je suis le Diable, même lui sait ce que ça veut dire.

- Tu dis ça pour que je reste sagement ici.

- En partie, oui.

- Compris..."

Shana fit la moue mais elle n'insista pas davantage. Elle se lava puis sortit de la douche et se sécha avant d'enfiler l'un des t-shirts de Lucifer pour s'en servir comme pyjama. Le Démon la rejoignit ensuite dans le lit et appuya doucement sur son nez pour la faire sourire.

- "Tu veux qu'on booste notre connexion pour que tu saches comment je vais? Ça te rassurerait?

- Non, si je ne peux pas venir, je préfère ne rien savoir du tout.

- Comme tu veux. Mais arrête de faire la tête alors.

221

- Je ne fais pas la tête. J'ai juste... envie que tout ça soit fini.

- Je sais. Mais je ne peux pas faire mieux.

- Je sais, je ne te blâme pas. J'ai conscience que tu cherches des solutions alternatives pour éviter de devoir les tuer. Et je t'en remercie... Mais ça dure depuis trop longtemps déjà.

- Si j'arrive à convaincre Malthaël, tout sera bientôt fini.

- J'espère vraiment que tu y arriveras alors."

La jeune femme fit de son mieux pour lutter contre le sommeil. Elle savait que Lucifer ferait tout pour qu'elle ne puisse pas le suivre. Malgré ses efforts, elle finit par tomber dans les bras de Morphée.Lorsqu'elle se réveilla, un sourire s'afficha sur son visage quand elle sentit la chaleur du torse chaud de Lucifer sous sa joue. Elle soupira d'aise et se blottit contre lui tout en caressant sa peau du bout des doigts. Elle profita de sa chaleur encore un petit moment avant d'enfin se redresser en s'étirant.

- "Je pensais que tu partirais plus tôt que ça.

- Il l'a fait. Il est parti il y a trois heures."

Shana tourna la tête pour regarder le clone, qui lui souriait. Elle s'était faite avoir. Elle grommela et se recoucha, se mettant sur le côté, dos au clone.

- "Tu n'es plus une gamine, alors arrête de réagir comme tel. Il fait ça pour te protéger.

- Je le sais. Mais disparais. Tu sais que ta présence me met plus mal à l'aise qu'autre chose.
- Je n'y suis pour rien. C'est toi qui fais des différences alors que tu ne devrais pas. Je suis lui.
- Non, il ne parle pas de lui-même à la troisième personne, lui. Et il n'aime pas non plus que tu m'approches de trop.
- Qu'est-ce qui te fait dire ça?
- Le connaissant, il n'aurait pas raté une occasion de faire un truc à trois.
- Peut-être qu'il ne l'a pas proposé parce qu'il pensait que tu serais contre. Mais je vais de ce pas lui dire que tu es d'accord.
- Qu'est-ce que... Hey!"

La grande brune protesta, mais le clone avait déjà disparu. Elle croisa les bras en marmonnant. La prochaine fois qu'elle le verrait, elle lui réglerait son compte. Elle rumina un moment puis se décida à manger et à se changer. Il fallait qu'elle s'occupe sinon elle allait devenir folle à cause de l'inquiétude. Elle hésita avant d'aller frapper à la porte de la chambre de Kain. Le démon aux cheveux rouges lui ouvrit et lui adressa un grand sourire. Ils allèrent se promener ensemble, comme ils avaient eu l'habitude de le faire. Cela faisait beaucoup de bien à la grande brune de pouvoir se changer les idées. Ils marchèrent un moment puis ils se séparèrent devant la chambre de Shana. Elle se sentait plus légère. Après avoir salué son ami, elle entra dans la chambre et se stoppa net. Il y avait de grandes traces de sang qui partaient de la porte et allaient jusqu'à la salle de bain.

- "L-Lucifer?!
- Je prends un bain."

La jeune femme le rejoignit rapidement puis elle s'accroupit à côté de la baignoire, dont l'eau était teintée de rouge.

- "Qu'est-ce qui s'est passé? Je croyais que personne ne pouvait te blesser sérieusement! Comment tu te sens?!
- Respire... Je vais bien. Toutes mes blessures se sont déjà refermées.
- C'est Malthaël qui t'a fait ça?
- C'était sa façon de me dire non.
- Il est au courant que les mots, c'est bien aussi?
- Il faut croire que non.
- Hmm... Alors ça veut dire que maintenant, le combat avec les mages est inévitable…
- Exactement. Mais on a encore un peu de temps.
- Tu as eu des nouvelles de ton pisteur?
- Oui, et ça ne va pas te plaire.
- Dis-moi tout. Et ne t'avise pas de me mentir ou de me cacher des choses.
- Je sais... Aussi surprenant que ce soit, tes pères font équipe.
- Pardon?!
- J'ai eu la même réaction.

- Mais pourquoi? Dans quel but?

- De ce que j'ai compris, ils comptent venir ici. Ils veulent nettoyer le monde des démons ou je ne sais pas trop quoi. C'est stupide, j'ai repris le controle et les rares démons qui vont sur Terre sont ceux que j'envoie personnellement.

- Ça c'est l'objectif de ma famille, comme ça ils peuvent me punir pour ma trahison en même temps. Mais je ne comprends pas ce que Velnidas pourrait y gagner.

- Il veut montrer la suprématie de son clan, mais surtout, il veut continuer à perfectionner son sérum magique.

- Quel sérum magique?

- Celui qu'il a créé pour te rajouter des pouvoirs.

- Donc, je suis... le fruit d'une expérience…

- Tu es le premier sujet de son expérience, pour être plus précis. Selon mon pisteur, peu de sujets survivent à l'injection. Son sérum n'est pas encore totalement stable.

- Je vois... C'est de mieux en mieux…

- Ne te préoccupe pas de ça pour le moment.

- Donc tu me demandes de rester là sans rien faire jusqu'à ce qu'ils viennent frapper à nos portes?

- Tout à fait. On va juste continuer tes entraînements.

- Mais…

- On ne peut rien faire avant qu'ils viennent ici. Sinon ça va finir très mal. Les anges risquent d'intervenir. Alors que si on ne fait que défendre les enfers, l'histoire sera réglée, sans conséquences.

- Je vois…

225

- *Ça ne me plait pas non plus... Tu ne veux pas me rejoindre dans l'eau?*
- *En temps normal, j'aurai dit oui... Mais il y a du sang dedans...*
- *Hmm... Je vais sortir alors.*
- *Prends ton temps, je vais aller nettoyer la chambre.* "

La grande brune embrassa son amant puis elle alla nettoyer le sang qui commençait à sécher sur le sol de la chambre. Elle soupira en remarquant que ses mains tremblaient. Non seulement elle allait devoir affronter sa famille, mais aussi le clan de guerriers. Elle n'avait pas du tout envie de faire la connaissance de Velnidas. Il la dégoutait et surtout, il la terrifiait.La grande brune sursauta lorsque Lucifer tapota son épaule. Elle se releva et se lava les mains.

- *"Je t'ai dit de ne pas te prendre la tête.*
- *Je n'arrive pas à m'en empêcher.*
- *Bébé.* "

Shana cligna des yeux et rougit violemment tout en faisant la moue. Cela faisait quelques mois que Lucifer utilisait ce surnom. Il avait compris que cela la rendait timide et qu'elle arrêtait de parler. C'était clairement de la triche. Elle bougonna et monta sur le lit. Elle passa ensuite ses doigts sur le torse de Lucifer, où des cicatrices finissaient de disparaître.

- "Il n'a vraiment pas dû y aller de main morte…
- Ça va, je m'attendais à pire.
- Hmm... Je comprends mieux pourquoi tu ne voulais pas que je vienne.
- Oui, heureusement que j'ai fait en sorte que tu ne puisses pas me suivre. En parlant de ça, mon clone m'a dit q-
- Je t'arrête tout de suite! Je ne veux pas parler de ça!
- Tu es sûre? Ce serait une conversation intéressante. À moins que tu préfères qu'on passe directement à l'action?
- Non, non, et non! J'ai déjà du mal à suivre le rythme avec un Lucifer, alors deux... Tu veux me tuer?!
- Tu as beaucoup gagné en endurance.
- Ce n'est pas une raison! Et puis je ne veux pas qu'on ait cette conversation, alors chut.
- Tu oses me dire de me taire?
- Oui, j'ose. Ça te pose un problème?
- Toi, tu veux être punie.
- Non, je veux que tu arrêtes de dire des bêtises…
- Hmm. Je te laisse tranquille pour ce soir. Mais on en reparlera.
- Jamais!"

La grande brune bougonna et mordilla le bras du Démon, ce qui le fit rire.

CHAPITRE SEIZE

Les six mois suivants passèrent tranquillement. Shana s'entraînait avec Lucifer ou Kain, passait du temps avec Vahal et Cerbère. Il lui arrivait de ne pas penser aux futurs combats pendant des jours, avant que la réalité ne la rattrape finalement. Jamais elle n'aurait pensé aussi bien s'adapter à la vie en Enfer. Mais à vrai dire, c'était un lieu bien loin de ce qu'elle avait pu imaginer avant d'y entrer. Bien sûr, il y avait des zones cauchemardesques et certains démons la terrifiaient toujours autant. Mais globalement, elle avait réussi à s'instaurer une routine paisible. C'est certainement pour cette raison qu'elle fut aussi surprise quand, un beau jour, quelqu'un frappa à la porte de sa chambre alors qu'elle sortait de la douche. Shana s'enroula rapidement dans un peignoir et alla ouvrir timidement. Elle se détendit un peu en découvrant qu'il s'agissait de Kain, serrant malgré tout un peu plus le tissu.

- *"Désolé de te déranger, Lucifer veut te parler. Je vais t'accompagner jusqu'à son bureau.*
- *Son bureau? Je croyais que je n'avais pas le droit de m'approcher de la salle du trône…*
- *Apparemment il a changé d'avis. Ça doit être important.*

Habille toi, je t'attends.
- D'accord, je me dépêche. "

Shana referma la porte puis elle se sécha avant de se préparer rapidement. Elle était anxieuse. Cette soudaine convocation était étrange. Ça ne ressemblait pas à Lucifer de ne pas attendre d'être seul avec elle dans la chambre pour lui parler.

Shana prit une profonde inspiration puis elle sortit et suivit Kain dans les couloirs. Un démon leur demanda ensuite d'attendre quelques instants puis il ouvrit la grande porte noire de la salle du trône. Kain invita la jeune femme à entrer d'un signe de tête, lui disant qu'il allait l'attendre dehors. Elle pénétra alors dans la pièce, se mordant la lèvre inférieure. Lucifer était affalé nonchalamment sur son trône, mais Shana le connaissait suffisamment pour savoir que son air décontracté n'était qu'une façade. Elle s'approcha puis s'installa sur les cuisses de l'homme et passa sa main dans ses cheveux.

- "Qu'est ce qui se passe?
- Mon pisteur vient de faire son rapport.
- Qu'est-ce qu'il a découvert ?
- Ta famille a obtenu le moyen de venir ici. Ce n'est plus qu'une question de temps. Ils font les derniers préparatifs.
- Mais... Comment ils vont faire?

- *Ils ont retrouvé un artéfact de Malthael.*

- *Un artéfact ?*

- *Comme je te l'ai dit, Malthael trouvait que la Terre manquait de piquant. Il voulait voir à quel point les humains pouvaient se laisser corrompre. Il a alors créé des artéfacts qui permettaient de venir ici. Ça l'amusait de lire la panique sur le visage des humains qui se retrouvaient ici. La plupart du temps, il les laissait simplement repartir. Mais j'ai mis vite fin à son jeu. Après tout, c'était dans ma salle du trône qu'ils débarquaient. J'avais autre chose à faire que de gérer ces humains terrifiés. Malthael a donc détruit ses artéfacts, clairement à contrecœur. Mais apparemment, il en a laissé un, bien caché. Sûrement pour me faire un sale coup. Et c'est réussi.*

- *Je vois... Mon frère est doué pour utiliser la magie afin de retrouver des choses perdues…*

- *Ce qui explique qu'il nous ai aussi trouvé vite quand on était en Islande.*

- *Tout à fait... Du coup tu vas commencer les préparatifs aussi ?*

- *C'est ça. C'est pour ça que je t'ai demandé de venir, parce que je ne rentrerai certainement pas pendant quelques jours.*

- *D'accord. Je sais que tu vas faire au mieux..."*

Shana déposa un baiser sur la joue de son amant avant de se blottir contre lui. Maintenant elle allait avoir du mal à ne pas penser à ce qui allait se passer. Elle savait qu'il y aurait des morts, quoi qu'il arrive. Et ça lui donnait la nausée.

Les semaines suivantes furent une vraie torture. Lucifer ne revenait que rarement dans la chambre, principalement quand il en avait assez de dormir dans son bureau et que sa compagne lui manquait trop. Shana avait l'impression que les jours s'étiraient. Si sa famille avait tout ce dont elle avait besoin pour venir, pourquoi mettaient-ils autant de temps? C'est Kain qui répondit à cette question. La dilatation du temps était différente. Si pour Shana, cela faisait pratiquement deux ans qu'elle habitait en Enfer, pour les humains qui vivaient sur Terre, seuls quelques mois s'étaient écoulés. En définitive, ils avaient été plutôt rapides pour s'organiser et s'entraîner. Mais ce ne serait pas suffisant par rapport au travail que la jeune femme avait pu accomplir entre temps.

Pour se changer les idées, Shana avait une fois de plus passé la journée avec Vahal. Il était curieux de tout et la grande brune aimait lui apprendre des choses. Ces derniers temps, elle lui apprenait d'ailleurs à compter, et le petit garçon s'en sortait plutôt bien. Alors qu'elle rentrait des quartiers des démons originels, elle vit un démon qui tambourinait à la porte de sa chambre. Il était essoufflé et semblait paniqué. La jeune femme s'approcha donc de lui.

- *"Quelque chose ne va pas?*
- *Il faut que je vois Lucifer tout de suite. C'est important. Il y a du mouvement sur Terre.*

- Tu es le démon pisteur, c'est ça?

- Tout à fait. Est-ce que vous savez où est le Maître?

- Il est avec le Grand Conseil.

- Merde. On ne peut pas se permettre d'attendre qu'ils aient fini.

- Et je suppose que tu ne peux pas les interrompre.

- Non, je serai exécuté sur le champ.

- Je vois. Dis-moi ton message, je vais y aller. "

Le démon hésitait clairement. Il savait qui elle était et ce qu'elle représentait pour Lucifer, mais aux yeux du Grand Conseil, elle ne serait rien de plus qu'une humaine qui avait eu l'audace de les interrompre. Il finit malgré tout par céder face à l'urgence de la situation. Il expliqua donc que sa famille avait terminé tous ses préparatifs et qu'ils allaient arriver en Enfer d'un moment à l'autre. Shana se sentit pâlir. Elle s'était entraînée pendant près de deux ans pour ce moment, mais émotionnellement, elle n'était toujours pas prête. Elle se força au calme et prit la direction de la salle de réunion d'un pas décidé. Tout serait bientôt terminé, que ce soit un bien ou un mal.

CHAPITRE DIX-SEPT

La jeune femme s'approcha de l'immense porte. Elle prit une profonde inspiration, remit sa chevelure ébène en arrière puis elle pénétra dans la salle du Conseil. Tous les regards se tournèrent alors vers elle. Il y eut quelques secondes d'un silence écrasant, puis les protestations fusèrent de toutes parts.

- "Que fait une humaine ici?!
- C'est une honte!
- Comment osez-vous interrompre un Conseil des Anciens?
- Il faut la brûler vive!"

Malgré tout, la jeune femme s'avança dans la pièce, la tête haute. Elle savait qu'elle ne craignait rien parce qu'aucun de ces vieux boucs ne lèverait le petit doigt sur elle tant que le Maître des lieux n'en aurait pas donné l'ordre. Ce dernier avait d'ailleurs les sourcils froncés, mais la grande brune n'aurait su dire s'il était irrité ou s'il s'empêchait de rire face à l'énième provocation de l'humaine.

- "Que fais-tu ici, Shana?"

Mais la jeune femme ne lui répondit pas tout de suite. Elle continua de s'approcher jusqu'à être suffisamment près pour pouvoir murmurer dans l'oreille de l'homme au regard de braise.

- *"Ils arrivent."*

Les sourcils de Lucifer se froncèrent davantage tandis que sa mâchoire et ses poings se serraient sensiblement.

- *"Je vois. Nous continuerons cette réunion plus tard."*

Les protestations reprirent alors de plus bel. Mais ils ne reçurent aucune réponse à leurs questions. Le Maître se contenta de lever la main pour les faire taire, puis il sortit de la pièce en compagnie de la jeune femme.

- *"Tu as vraiment le don de créer des problèmes.*
- *Si ce n'était pas le cas, je ne serais pas là.*
- *Certes. Je ne peux nier que mon existence est devenue bien plus intéressante depuis que je te connais. Mais il ne faudrait pas que tu commences à abuser de tes privilèges.*
- *Tu sais bien que je ne ferai jamais ça, voyons!"*, lui répondit la grande brune tout en affichant un sourire taquin.

Le grand Maître secoua la tête, réprimant difficilement un sourire. Oui, cette femme était intéressante et pimentait sa vie. Un peu trop parfois, certes, mais c'était toujours mieux que de passer ses journées à s'ennuyer et à ruminer. Quoi qu'il en soit, il fallait qu'il se concentre sur le présent. Parce que comme Shana le lui avait indiqué, "ils" arrivaient. Il n'était pas inquiet pour lui et ses hommes. Ce serait un combat facile à gagner. Ce qui le préoccupait, c'était l'état dans lequel il allait retrouver Shana une fois que tout serait terminé. Peut-être qu'elle allait vouloir rentrer chez elle, qu'elle ne souhaiterait pas rester à ses côtés. Et il ne pourrait pas la forcer à le faire. Il retomberait dans sa solitude. Non, il ne devait pas penser à cela pour le moment. Chaque chose en son temps.

Shana avait de nouveau perdu son sourire tandis que Lucifer commençait à convoquer ses combattants. Elle se prenait une fois de plus la réalité en pleine figure. Le jour fatidique était enfin arrivé. Contrairement à la grande brune, qui avait l'impression qu'elle pouvait défaillir d'un moment à l'autre, Lucifer affichait un calme olympien. Il se voulait rassurant, montrant qu'il avait le contrôle de la situation.

- "Ils vont apparaître dans la salle du trône. Que tous les démons supérieurs s'y rendent. Les démons avec des pouvoirs guérisseurs, tenez vous prêts aussi. Que quelqu'un aille prévenir les démons originels. Il faut qu'ils protègent les enfants les plus jeunes en cas de débordement."

Lucifer prit ensuite la main de sa compagne et l'entraîna jusqu'à la salle du trône. Il prit ensuite son visage entre ses mains pour ancrer son regard dans le sien.

- *"Tu peux encore aller rejoindre les enfants. Tu n'es pas obligée d'assister à ça.*
- *Je sais, mais je veux rester ici. Je sais que tu es à mes côtés, alors rien ne peut m'arriver.*
- *D'accord... Tu es courageuse, bébé.*
- *C'est grâce à toi, tu m'as entraînée dans ce but."*

La grande brune afficha un petit sourire, et elle se colla contre son amant. Elle fut aussi rassurée de voir que Kain était présent. Shana regarda également les autres démons supérieurs présents. Ils dégageaient une puissance impressionnante. Les humains n'auraient clairement aucune chance. Ça allait être une vraie boucherie.

Le temps sembla s'arrêter. L'attente semblait interminable. Puis une lumière apparut au milieu de la salle du trône et chaque personne présente se tendit.

- *"Tenez-vous prêts, mais n'attaquez pas tout de suite"*, déclara Lucifer d'un ton sec.

Shana avait le cœur qui battait à tout rompre. Elle prit inconsciemment la main du Démon. Elle regrettait déjà d'être restée. Il fallut encore quelques minutes avant que les premiers mages ne commencent à apparaître. Ils étaient plus nombreux que prévu. Shana reconnut sa famille toute entière. Elle n'osa cependant pas croiser le regard de sa mère et de son frère. Ça lui aurait brisé le cœur. Il y avait le clan guerrier de Velnidas. Shana dût se faire violence pour réussir à le regarder. Il était immense et était encore plus effrayant qu'elle ne l'avait imaginé. Elle déglutit difficilement et se cacha machinalement derrière Lucifer, qui caressait sa main avec son pouce pour la calmer.

- *"Comme nous l'espérions, nous sommes attendus. C'est gentil d'avoir réuni vos démons pour qu'on puisse les tuer plus rapidement.*
- *Tu es bien confiant, pour un humain.*
- *Nous avons atteint un tout autre niveau. Nous allons mettre fin à votre règne démoniaque.*
- *Vous pouvez toujours essayer. Mes démons se feront ensuite un festin avec vos âmes.*
- *Répugnant. Ce qui ne fait que rendre la traîtrise de Shana encore plus grave.*
- *C'est à cause de toi si j'ai fait la rencontre de Lucifer,* répondit Shana tandis qu'elle arrivait enfin à regarder son père adoptif.
- *Tu oses remettre la faute sur moi?!*
- *Ce ne serait pas arrivé si tu n'avais pas vendu MON âme pour obtenir des pouvoirs supplémentaires.*
- *Quoi? Karui, de quoi est-ce qu'elle parle?,* demanda la mère

de la jeune femme, interloquée.
- *Elle ment pour sauver sa peau."*

La mère de Shana semblait perdue. Elle ne savait pas qui croire. Lucifer fit apparaître un parchemin, sur lequel était écrit le nom de Karui, au-dessus d'une signature faite avec son sang.

- *"Quand on fait un pacte avec le Diable, il faut l'assumer,* déclara Lucifer d'un air sévère.
- *Karui... Comment as-tu pu vendre l'âme de notre fille?,* questionna la mère, choquée par cette nouvelle.
- *C'est ta fille. Pas la mienne. Il fallait bien qu'elle serve à quelque chose.*
- *Tu te rends compte de ce que tu dis?!*
- *On n'est pas là pour parler de ça. Cela ne change rien au fait qu'on doive les exterminer.*
- *Quelle famille charmante",* se moqua Lucifer.

Le doute emplissait la mère de Shana, et elle n'était pas la seule. La confiance que sa tante et Kal avaient donné à Karui commençait à vaciller également. Mais il était trop tard pour faire demi-tour. D'autant plus que Velnidas en avait assez de ces bavardages incessants.

- *"Les paroles ne servent à rien à ce stade. Place à l'action. J'ai hâte de voir le résultat de mes expériences.*

- Tu riras moins quand tu te feras tuer par ton propre cobaye", grommela Shana.

Elle en avait assez de cette situation, assez de se faire rabaisser. Elle avait mal au cœur pour sa mère et son frère, mais l'heure n'était plus aux sentiments. Les mages commençaient à réveiller leurs pouvoirs. Lucifer fit signe aux démons de se tenir prêts. Karui fut le premier à lancer une attaque, directement dirigée contre Shana. Lucifer la protégea en grognant, et les combats débutèrent alors véritablement. Le sérum magique avait fait des merveilles, mais ils n'avaient eu que quelques mois pour s'entraîner. Leur niveau n'était pas suffisant. Ils réussirent à tuer quelques démons supérieurs, mais la plus grande partie des corps sans vie qui tombaient sur le sol étaient ceux des mages guerriers. Shana se battait également, même si elle tachait de ne pas s'en prendre aux membres de sa famille. Les pouvoirs fusaient de toute part et l'air était saturé par l'odeur du sang. C'était horrible. Les blessés hurlaient en se tortillant sur le sol. Shana avait du mal à se concentrer. Elle lâcha un cri quand elle se retrouva plaquée au sol, avant de réaliser que Kain la surplombait, haletant.

- "Ce n'est pas le moment de partir dans tes pensées!
- D-désolée!"

Ils se relevèrent, Kain grimaçant à cause des blessures qui lui avaient été infligées dans le dos quand il avait sauvé la jeune femme. Mais cela avait au moins permis à la grande brune de reprendre ses esprits.

- *"Kain, protège-moi, il me faut une vingtaine de secondes pour préparer ce sort.*
- *Je vais faire de mon mieux."*

Shana mélangea ses flux magiques comme elle l'avait fait le jour où elle avait blessé Lucifer. La manœuvre était plus compliquée car il ne s'agissait pas d'une cible immobile cette fois-ci. Viser plusieurs humains pourrait s'avérer dangereux aussi. Elle risquait de blesser des démons. Elle décida donc de ne se concentrer que sur son géniteur, se disant que perdre leur chef déstabiliserait ses mages. Shana façonna son pouvoir, le faisant prendre forme, puis elle le déchaîna, tachant de ne pas en utiliser trop quand même pour pouvoir continuer à se battre. Il y eut alors une explosion et plusieurs combattants furent projetés au sol. En tant normal, Shana faisait toujours en sorte de ne pas faire couler le sang, mais là ce serait un avantage, pour effrayer et déconcentrer les assaillants. Elle plissa son nez en voyant que Velnidas était toujours en vie, même s'il était en piteux état.

- *"Sale garce ingrate! C'est moi qui t'ai donné ce pouvoir!*
- *Et tu t'attendais à quoi? À ce que je me jette dans tes bras en*

te disant merci, papa chéri?
- Continue d'être insolente tant que tu le peux."

Il afficha un sourire malsain et la grande brune sentit un frisson lui parcourir l'échine. Elle écarquilla les yeux en voyant qu'il invoquait le même pouvoir sanglant qu'elle. Il faisait sortir le sang du corps des combattants morts, le façonnant pour créer des soldats sans âme et répugnants. Shana était tétanisée et nauséeuse. Jamais elle n'avait vu un spectacle aussi horrible. Elle recula machinalement d'un pas et trébucha sur un corps, se retrouvant sur les fesses. Les larmes lui montaient aux yeux tandis qu'elle regardait ces créatures monstrueuses s'approcher d'elle. Elle était tellement pétrifiée par la peur et un profond dégoût qu'elle était incapable d'utiliser ses pouvoirs pour se protéger. Lorsque les soldats de sang se jetèrent sur elle, elle ferma les yeux par réflexe.

- "Shana! Ne reste pas plantée là, putain!"

La grande brune ouvrit les yeux quand elle entendit la voix de Lucifer. Elle releva la tête et regarda son amant, qui les avait entourés de ses grandes ailes noires pour parer l'attaque.

- "Il est temps d'en finir. Finis de jouer. Reste en retrait dans un bouclier électrique.
- D-d'accord..."

Lucifer se releva lentement et fit craquer ses phalanges. Jamais sa compagne ne l'avait vu autant hors de lui. Elle lui obéit et se mit à l'abri, Kain se mettant devant elle.

- *"Il va passer au plan B. Dans deux minutes, tout sera fini.*
- *Le plan B?...*
- *Tu vas voir."*

Le Maître des Enfers monta debout sur son trône, ne prêtant aucune attention aux attaques qu'on lui lançait. Il plaça ensuite deux de ses doigts dans sa bouche et siffla longuement. À peine cinq secondes plus tard, un bruit de pas lourd que Shana ne connaissait que trop bien se fit entendre. Cerbere pénétra dans la pièce en grognant tandis que trois démons descendirent de son dos. La grande brune reconnut alors Aderah. Elle ne connaissait pas les deux hommes qui l'accompagnaient mais il ne faisait aucun doute qu'ils étaient aussi des enfants de Lucifer. Ils semblaient contrariés, comme si devoir se battre contre de simples humains était une insulte à leur rang. Mais Kain avait eu raison. Ce fut rapide. Les démons supérieurs s'étaient écartés pour laisser le champ libre à Lucifer et ses enfants. Ne pouvant supporter plus longtemps ce massacre, Shana ferma les yeux et se recroquevilla sur elle-même. Elle finit même pas mettre ses mains sur ses oreilles pour ne plus entendre les hurlements de sa famille. Jusqu'à ce qu'elle entende la voix de son frère. Par pur réflexe, Shana se leva brusquement et se jeta sur Kal, l'entourant d'un bouclier électrique, le serrant fort contre elle.

Lorsque le silence retomba dans la pièce, elle tremblait de la tête aux pieds. Lucifer s'accroupit face à elle et il grogna quand sa main dût traverser son bouclier pour qu'il puisse lui caresser les cheveux.

- *"C'est fini."*

Shana rendormit ses pouvoirs puis elle se jeta dans les bras de son amant, se blottissant contre son torse pour se calmer tandis qu'elle entendait Kain donner des ordres pour évacuer et soigner les démons blessés. Kal ne bougeait pas, assis sur le sol, les yeux écarquillés de terreur en découvrant l'état dans lequel se trouvait le reste de la famille.

- *"P-pourquoi?... Pourquoi tu m'as protégé?...*
- *Parce que... tu es mon grand frère…*
- *Mais j'étais venu avec eux pour te tuer, Nana! Je t'ai dit des horreurs... Je…*
- *Oublions ça... Quelqu'un va te ramener sur Terre…*
- *Comment je suis censé continuer à vivre maintenant?*
- *Tu as Alysha... Elle n'est pas si mal que ça finalement... Fais toi un bel avenir avec elle…*
- *Et toi?...*
- *Ne t'inquiète pas pour moi..."*

Après une dizaine de minutes, Shana prit une profonde inspiration et elle se leva lentement, aidée par Lucifer. Elle avait mal au cœur et envie de pleurer, mais elle n'y arrivait pas. Tout était fini, mais elle ne le réalisait pas encore. Elle regardait sans réagir quelques démons qui récoltaient des sortes de lumières bleues qui volaient dans la pièce et Lucifer lui expliqua qu'il s'agissait des âmes des humains décimés. Elles allaient être dévorées, et ils disparaîtraient à tout jamais.

Shana resta comme ça sans bouger, Lucifer se tenant à ses côtés en silence, respectant ce moment de deuil. Après une bonne heure, la grande brune le regarda enfin, les yeux rouges à cause de ses larmes contenues.

- *"Je crois que je vais vomir…*
- *Ne te retiens pas… Peu importe la façon dont tu dois évacuer tout ça, fais-le.*
- *Hmm… Jusqu'au bout j'avais espoir qu'ils changent d'avis… Qu'ils se rendent compte qu'ils avaient tort… qu'ils se trompaient d'ennemis… Mais ils sont restés campés sur leur position…*
- *Être têtu est clairement un truc de famille…*
- *C'est vrai..."*

Shana soupira, avant d'avoir un haut-le-cœur. Elle allait vraiment vomir si ça continuait. Elle s'appuya contre un mur et Lucifer lui frotta le dos. Il fit de son mieux pour lui dire des paroles apaisantes, même s'il était maladroit. Quand la jeune femme eut finalement vidé le contenu de son estomac, elle se sentait un peu mieux. Mais elle voulait oublier tout ça. Elle demanda au grand brun de la ramener à la chambre pour pouvoir se brosser les dents et prendre une douche. Elle était épuisée, autant physiquement que psychologiquement. Elle adressa un sourire à Kain, le remerciant silencieusement d'avoir été là pour elle, puis elle se laissa guider par Lucifer, n'ayant pas le courage de lancer un derrière regard à son frère aîné.

Une fois dans la chambre, ils se rafraîchirent puis s'allongèrent dans le lit. Le silence emplit à nouveau les lieux tandis que Shana posait sa tête sur le torse du Démon.

- *"Qu'est-ce que tu comptes faire maintenant ?*
- *Je ne sais pas... Déjà... Je voudrais que tu me ramènes sur Terre demain.*
- *Alors... Tu ne veux pas rester avec moi ?... Je craignais que ce jour arrive... Que tu sautes sur l'occasion de me quitter dès que tu serais en sécurité…*
- *Ne dis pas n'importe quoi... Je veux juste récupérer quelques affaires... Je n'ai plus rien à faire là-bas... Je... n'y ai plus ma place... Ça fait deux ans que j'habite ici et même si c'était dur au début, maintenant je m'y plais... Et puis... Je veux rester avec toi... Idiot…*
- *Entendu... À propos de ça ... J'attendais le bon moment pour*

te demander ça... Mais tu n'auras pas à me répondre tout de suite, okay?

- Je t'écoute...

- Tu es puissante, ce n'est plus à prouver. Mais... Tu restes mortelle... Tu vas vieillir... Et un jour tu mourras... Et je ne veux pas que ça arrive. Si tu es d'accord... Tu pourrais devenir une démone... Même si je sais que tu les détestes... J'ai conscience que je te demande de sacrifier ton humanité pour moi, mais penses-y... s'il-te-plaît...

- Hmm... J'y ai déjà pensé à vrai dire... Je me disais que si je restais humaine... Tu te lasserais bien avant que je ne meurs... Comme si tu allais te taper une petite vieille franchement...

- Je suis sûr que tu serais une magnifique petite vieille ceci dit.

- Idiot... Mais, j'ai une condition.

- Laquelle?

- Si j'accepte que tu me changes en démone, ça veut dire que je suis prête à rester à tes côtés pendant les prochains siècles, voire millénaires, pas vrai ?

- En effet... Je sais que ça peut faire peur.

- C'est surtout que... Je n'ai pas envie de rester cachée... Et je n'ai pas envie de devoir te partager... Mais je ne veux pas non plus être marquée comme une simple concubine.

- Alors qu'est-ce que tu voudrais que je fasse?

- Franchement, il faut tout te dire..."

Shana fit la moue tandis que Lucifer penchait la tête sur le côté en réfléchissant. Il cligna ensuite des yeux avant de rire doucement.

- "Oh, je vois... Tu voudrais devenir Madame Lucifer, hmm?
- Oui..., marmonna Shana en rougissant.
- C'est envisageable en effet. Plus qu'envisageable même. Mais pas directement après t'avoir transformée.
- Pourquoi?
- Déjà parce qu'il faudra que tu t'habitues à être une démone, à ton corps, à tes pouvoirs, à la façon dont on te voit. Et en plus, il faudra te renforcer un peu.
- Me renforcer?
- Tu vas gagner en force et en endurance en changeant de race, mais ce ne sera pas suffisant pour que tu puisses encaisser la nuit de noce."

Shana écarquilla les yeux face au sourire en coin du Démon et elle rougit jusqu'aux oreilles. Elle le traita une fois de plus d'idiot avant de cacher son visage. Mais elle était heureuse. La route avait été longue et ardue, mais elle avait enfin trouvé sa place, auprès de cet homme qui n'était certes pas parfait, mais qui était parfait pour elle malgré tout.